Ausgewählt und herausgegeben von Frank Weber

AF146050

Sagen und Erzählungen
aus
Marburg und Oberhessen

Es ward von unsern Vätern mit Treue uns vermacht
Die Sage, wie die Väter sie ihnen überbracht,
Wir werden unsern Kindern vererben sie aufs neuʻ:
Es wechseln die Geschlechter, die Sage bleibt sich treu.

(Chamisso)

Ausgewählt und herausgegeben von Frank Weber

Sagen und Erzählungen

aus

Marburg und Oberhessen

1.Auflage

Bibliographische Informationen der Deutschen Nationalbibliothek

Die Deutsche Nationalbibliothek verzeichnet diese Publikation
in der Deutschen Nationalbibliographie.
Detaillierte bibliographische Daten sind im Internet

über http://dnd.d-nd.de abrufbar.

© 2015 Frank Weber

Herstellung und Verlag: BoD Books on Demand, Norderstedt

ISBN 9783734789090

Inhalt:

7

Die Heilige Elisabeth

Das Königskind Elisabeth erwuchs auf der Wartburg in Holdseligkeit, Frömmigkeit und Tugend zu aller Freude, ebenso ihr Verlobter, der junge Landgrafensohn, der früh den Vater verlor und die Herrschaft antrat und seine Verlobte immer lieber gewann, obgleich Elisabeth ob ihres frommen Sinnes und ihrer Demut manchen Spott und Hohn erleiden mußte, davon gar viel erzählt wird. Und als der Landgraf seine Hochzeitfeier mit ihr beging, da haben zwei edle thüringische Ritter, Graf Reinhard von Mühlberg und Ritter Walter von Vargula, die sie einst aus dem Ungarlande nach Thüringen abgeholt, sie im schönsten Schmuck in Sankt Georgs Kirche geführt. Als junge Frau lag die fromme Landgräfin vielleicht mehr, als ihrem Gemahl lieb sein konnte, frommen Werken und Bußübungen ob. Sie zerschnitt oder verschenkte ihre schönsten Kleider und ging einfach und ärmlich einher, aber wenn es nötig war, umkleidete sie der Himmel selbst mit reichen und königlichen Gewanden.

Elisabeth, die fromme Landgräfin, war eine wahrhafte Mutter der Armen und gegen diese schier allzu freigebig, so daß man sich sogar darüber aufhielt und es tadelte. Es war aber auch eine schwere Zeit gekommen, Mangel und Not, und die Scharen der Armen wuchsen zusehends. Da geschah es, daß Elisabeth, wie sie täglich tat, einmal wieder Speisen und Gaben hinabtrug an den Ort, wo die Lahmen und Blinden und Notleidenden sich einfanden, und ihr der Landgraf begegnete, der diesmal kein freundliches Gesicht zeigte, denn es war ihm eben frisch hinterbracht worden, wie sie alles verschenke. Da rief sie der Landgraf nicht gerade zärtlich an: Was trägst du da? und sie sah in seinen Mienen den Wetterbaum seines Unwillens aufsteigen und erbebte und sprach mit unsicherer Stimme: Herr, Rosen! – Zeige her! rief der Landgraf und hob die Hülle von dem Korbe – siehe, da war der Korb eitel voll Rosen und andere blühende Blumen. Da stand der Landgraf beschämt vor ihr da, und wenn der und jener Diener wieder sich unterfing, gegen die milde Freigebigkeit der Herrin zu reden, so sprach der Landgraf: Lasset sie immer gewähren, da sie an Almosengeben ihre Freude hat, wenn sie uns nur Wartburg und Eisenach und die Niuwenburg nicht verschenkt. – In der Hand dieser edlen und frommen Spenderin mehrten sich auch alle Gaben gar wundersam, auch wurden ihre Gewande nicht naß und nutzten sich nicht ab. Da Agnes, Landgraf Ludwigs Schwester, mit einem Herzog von Österreich Hochzeit hielt, war die Wartburg voll Gäste, und alles prunkte im Festgewande, Elisabeth aber hatte am Tore einen armen preßhaften Greis, der halbnackt einherging, gefunden, der bat gar zu sehr um ein Gewand, seine Blöße zu bedecken, und da gab ihm die Landgräfin ihren Mantel; da man nun zu Tische gehen sollte, fragte der Landgraf seine Gemahlin, wo sie denn ihren Mantel habe, denn es war die Frauensitte so, im leichten Mantel bei Festen einherzugehen, und da antwortete sie kleinlaut und erschrocken: In meiner Kammer; so sendete der Landgraf eine Jungfrau hin, und siehe, da hing ein Mantel, schöner wie der einer Königin, himmelblau mit goldnen Bildchen überstreut, der Arme aber war verschwunden. Ein anderes Mal hatte Elisabeth gar einen Aussatzkranken mit herauf in das Haus genommen und ihn in ihr Bette legen lassen – das erregte ihr einen großen Sturm bei ihrer Frau Schwiegermutter, war auch just nicht appetitlich – allein als man nun kam, den Aussätzigen hinauszuwerfen, lag ein wunderbar schönes Kruzifix in dem Ehebette, überaus kunstvoll, aber leider nicht mehr auf der Wartburg vorhanden. Darüber vergoß der fromme Gemahl dieser überfrommen Frau heiße Tränen. Der Kranke aber war Eli geheißen, den Elisabeth so treulich wartete, er genas und wohnte hernach noch lange nahe der Wartburg in einer ganz engen Felskluft und lebte von Wurzeln und Kräutern, der bekannten Waldbruderkost. Die Höhle ist noch vorhanden.

Eines Tages ward die milde Herrin, da sie in Eisenach die Kirche besuchte, vor dem Portale von einer ganzen Schar Bettler umringt; sie gab, solange sie noch zu geben hatte, bis ihre Münze zu Ende war, aber da war immer noch ein armer Alter, einer von den beharrlichen, der bestand auf einer Gabe und drängte sich ihr bis in die Kirche nach; das erbarmte die freigebige Herrin, und sie zog einen ihrer reich mit Silber gestickten Handschuhe aus und reichte diesen dem unabweisbaren beharrlichen Greis. Das sah ein Ritter, der auch zur Kirche einging, trat schnell herzu und gab dem Alten für den Handschuh vieles Geld. Hernach hat er selben Handschuh an seinen Helm als ein Kleinod befestigt und ist in das Heilige Land gezogen, hat auch allda ritterlich gekämpft, und der Handschuh hat ihn geschützt wie ein Talisman, daß er glücklich wieder die Heimat sah. Und dann hat er Elisabeths Handschuh in sein Wappen gesetzt.

Ganze Bücher sind vollgeschrieben von den Taten und Wundern der frommen Landgräfin Elisabeth, die ein gottgefälliges heiliges Leben führte, darum sie auch nach ihrem Tode unter die Zahl der Heiligen aufgenommen worden ist.

Der heiligen Elisabeth Fußtritt.

Bei einem Dorfe in der Nähe von Homberg fließt ein Bach, in welchem die Heilige Elisabeth oft ihr Weißzeug gewaschen haben soll. Sie warf die Sachen nachher in die Luft, wo sie auf den Sonnenstrahlen wie auf einer Leine hängen blieben und trockneten. War sie mit dem Waschen fertig, so sprang sie jedesmal über den Bach. Auf dem andern Ufer lag ein großer Stein, der noch gezeigt wird, auf welchem von einem solchen Sprunge die Spuren sich abdrückten. Ein Fuß ist ganz zu sehen, mit dem andern war sie darüber hin geglitten.

Die Heilige Elisabeth am Schröcker Brunnen

Eine Stunde von Marburg quillt unter einem zierlichen, von Bäumen beschatteten Gewölbe der »Schröckerbrunnen«, auch »Elisabethen Brunnen« genannt, welcher sehr häufig von Marburg aus besucht wird. Der Sage nach ging die Heilige Elisabeth oft dahin, um in der Einsamkeit zu beten und um in dem klaren Wasser des Quells ihr Weißzeug zu waschen; wenn es rein gewaschen war, warf sie es nur in die Luft, da blieb es sogleich auf den Sonnenstrahlen hängen. Lange gingen seitdem die Frauen und Mägde aus den nahen Dörfern hierher, um zur Pfingstzeit gleichfalls ihr Weißzeug am Schröckerbrunnen zu waschen, und das thaten sie noch vor etwa 50 Jahren, denn ohne Seife wäscht, so sagen sie, das Wasser dieses Brunnens rein.

Einmal begegnete der heiligen Elisabeth ein Verbrecher, der zur Richtstätte geführt werden sollte. Einige Leute, die gerade vorüberkamen, bedauerten den Verbrecher; doch Elisabeth sagte:»er wird es verdient haben. « Und alsbald fiel alle ihre Wäsche aus der Luft.

Über den Schreckerbrunn - Von Pfarrer K. Jüngst, 1893.

Schröck ist einer der ältesten Orte des Hessenlandes. Schon der Name führt uns in die graue Vorzeit. In den ältesten Urkunden wird das Dorf Scrikede, Scirckede, Schrickede genannt und Schrighede im 13.-15.

Jahrhundert. Der Name wird von scric, Erhöhung und der verallgemeinernden Silbe ede abgeleitet, so dass er etwa ‚hügelige Gegend'[1] bedeutet.

In der Nähe von Schröck führte die uralte ‚Heerstraße' aus der Wetterau nach Westfalen vorbei. Sie teilte sich hier in zwei arme. Der eine setzte bei Anzefahr (Furt der Ansen, Götter, Riesenstraße), über die Ohm ins Tal der Edder; der andere führte an der Ameneburg vorbei über Langstein zur Schwalm.

Der Ort, wo später die Kreuzkapelle sich erhob, zu welcher die hl. Elisabeth so gern pilgerte, war schon im Altertume berühmt. Zeuge dessen ist die beständige Überlieferung, welche einst der Poet Kirchner in seinem langen lateinischen Lobgedicht ausgesprochen hat, dass aus diesem Brunnen die alten Helden getrunken haben (heroas bibisse); Zeuge dessen ist die Sage, dass hier einst der Sachsenherzog Widukind sich lagerte; Zeuge dessen ist eine ganze Anzahl Gespenstergeschichten, welche von diesem Orte im Munde der Umgebung fortleben. Nahe bei Schröck liegt ein sog. Riesenstein, den der Unhold vom Frauenberge im Kampfe hierher geschleudert haben soll und ganz besonders bemerkenswert ist ein altheidnischer Opferstein, der noch jetzt wegen Größe und Form angestaunt wird und eine Viertelstunde vom Brunnen nach Moischt zu liegt. Es ist ein großer rechteckiger Stein, mit vielen künstlich angebrachten Vertiefungen. Dazu kommt das bekannte größte altdeutsche Totenfeld in Hessen, unmittelbar am Brunnenbezirk, das sog. Hemmerich. Daran schließen sich nach Moischt zu die Hünengräber an.

Es war eine ständige Gewohnheit der Glaubensboten in Deutschland, überall dort christliche Gotteshäuser zu erbauen, wo das Heidentum Spuren zurücklassen konnte. Daher erklärt sich der Ursprung unserer Kreuzkapelle. An der Grenze zwischen Mainzer Land und hessischem Gebiete, am steilabfallenden Berghange, von Buchen und Eichen überschattet, sprudelt eine mächtige Quelle. Ungewöhnliche Heilkräfte schrieb man ihr zu. Schreibt doch noch der alte Winkelmann in ‚Hessenlands Beschreibung' I, S. 63:

„Dieser Schreckerbrunnen ist der fürnehmste, berühmste und ädelste Brunn Hessenlands. Er quillet an einem sehr lustigen, ganz mit Bäumen bedeckten Ort aus einem Felsen mit angenehmem Gelispel herfür in einen steinern Kumpf. Daher die Fürsten von Hessen vor diesem oftermals Lusten halber daselbsten hingereiset, Mahlzeiten und Banqueten gehalten, bevorab weil es um Diesen Brunnen eine große Menge der wilden Thieren und wohlsingenden Vögel gibt. Es pflegen sich auch die Professores und Studenten oft darselbsten zu ergötzen und zu erlustigen, dahero ich fast sagen dörfte, dass derjenige, der diesen Brunnen nicht gesehen, zu Marburg nicht studiert hätte." Der obgenannte Kaiserliche gekrönte Poet Kirchner recitirte bei einer dort stattgehabten ‚fürstlichen Lustgasterei‘ 1595 seine 50 Hexameter, worin er zum Schlusse besingt, dass ein Hirsch während der Mahlzeit in die Küche gesprungen sei und sich als trefflichen Braten für die fürstlichen Herren dargeboten habe. Zur Jetztzeit kennt man die Heilkräfte des Brunnens nicht mehr. Bekannt ist nur für jede Hausfrau der benachbarten Dörfer, dass farbige Zeuge, „Halstücher" und „Zwickelstrümpfe" in diesem Wasser niemals „die Farbe verlieren". Wäscherinnen sieht man daher stets an sonnigen Tagen in der Nähe des Brunnens.

Aus der nahen kleinen Quelle benutzt man noch jetzt das Wasser zum „Waschen der Augen". Möglich, dass auch wegen der Heilquelle zur Zeit der hl. Elisabeth viele Kranke und Arme hierher kamen.

Nach der Überlieferung soll die hl. Elisabeth an diesem Brunnen die Kreuzkapelle erbaut haben. So heißt es in der Brunneninschrift: „Sie hat Gott, der Natur, und mir dankbar, ein Kapellchen neben mir erbaut und mich zuerst mit einfachem Bau nach dem Stil jener Zeit ausgeschmückt." - Auch den Steinweg von Marburg über den Lahnberg nach jener Kapelle soll Elisabeth angelegt haben.

Nach Justi, ‚Leben der hl. Elisabeth‘, hat die Heilige hier „während ihres Witwenstandes öfter ihre Andacht verrichtet und sich in dieser anmutigen Einsamkeit dem helldüsteren Vergnügen religiöser Gefühle überlassen".

Wohin die Kirche gebaut werden soll.

Als die Heilige Elisabeth zu dem Entschlusse gekommen, in Marburg eine Kirche zu bauen, war sie lange über das Wohin? im Zweifel. Zuerst hatte sie einen hohen Berg über der Stadt, der deshalb auch noch heutigen Tages die»Kirchspitze« heißt, und von dessen Gipfel man weithin die schöne Gegend überschauen kann, dazu ausersehen. Doch gab sie diesen Plan bald wieder auf und da sich ihr in oder nahe bei Marburg eben kein geschickter Platz darbot, so ward sie endlich mit sich eins, dem höchsten Herrn die Wahl selbst zu überlassen. Sie wollte die Kirchspitze ersteigen, einen großen Stein von oben hinab rollen und dahin die Kirche bauen lassen, wo der Stein liegen bleiben würde. Und so geschah's. Der Stein kollerte schnell und immer schneller in einem großen Bogen zu Thal, dem Ufer der Lahn zu, bis er in einem Sumpfe stecken blieb. Elisabeth erlebte zwar den Beginn des Baues nicht mehr, doch wurde die Kirche nachmals an dieselbe Stelle hingesetzt, wo der Stein lag. Zahllose Baumstämme mußten zuvor in den Moorgrund eingerammt werden, ehe man die Gewölbe der Kirche darüber hinlegen konnte.

Geldwerth in alter Zeit.

An manchen Orten haben sich Sagen von der großen Fruchtbarkeit oder auch von dem hohen Werthe des Geldes in früherer Zeit erhalten.

Als die Elisabether-Kirche in Marburg gebaut wurde, stand es den Arbeitern frei, ihren Lohn in Geld oder Korn zu nehmen. Drei Heller galten gleich einer Meste Korn, und sie nahmen doch lieber die drei Heller.

Ebenso bei dem Bau der Kirche in Wolfhagen, wo gar ein Heller einer Metze Korn gleichgesetzt war und die Leute gleichfalls vorzogen, den Heller zu nehmen.

Auch von dem Schlosse bei Grebenstein erzählt man, daß es zu jener Zeit gebaut worden, wo die Metze Korn noch drei Heller gegolten habe.

Als man die Neustädter Kirche in Eschwege baute, ward eine Metze Korn einem Groschen im Lohne gleichgesetzt, es gab aber unter den Arbeitern viele, die es vorzogen den Groschen zu nehmen.

Heinrich, das Kind von Brabant.

Der letzte männliche Sprößling von dem alten Stamme Ludwigs mit dem Barte war in dem »Pfaffenkönig« Heinrich Raspe zu Grabe gegangen und seine Erblanden Thüringen und Hessen schwankten in der Wahl des neuen Herrn. Die Thüringer wollten Heinrich den Erlauchten, Markgrafen von Meissen, dessen Mutter eine Stiefschwester – die Hessen Heinrich, den zweijährigen Sohn der Herzogin Sophie von Brabant, deren Vater ein rechter Bruder des Pfaffenkönigs und Gemahl der heiligen Elisabeth gewesen war. Und die Hessen schickten Gesandte nach Brabant und luden Sophie ein, mit dem jungen Prinzen zu ihnen zu kommen, damit das Land nicht länger ohne Herrn bleibe. Da trat Sophie die Reise nach den Heimathlanden an, wo sie 1247 von den getreuen Hessen freudig und feierlich, mit Kerzen und Fahnen, empfangen wurde. In einem offenen Wagen, das »Kind von Brabant« auf dem Schooße, fuhr sie durch Hessen und Thüringen, von 800 Gewappneten mit guten Helmen umgeben, und nahm die Huldigung für ihren Sohn ein. Aber minder herzlich als in Hessen war ihr Empfang in Thüringen, denn hier waren die Stimmen getheilt und die Mehrzahl hing dem Markgrafen an.

Frau Sophie von Brabant fordert ihrem Sohne die Lande ein.

Im Jahre 1253 kam Frau Sophie von Brabant auf einem bestimmten Tag mit ihrem Sohn gen Eisenach in das Prediger-Kloster; dahin kam auch ihr Ohm, Markgraf Heinrich von Meissen, dem sie das Thüringerland zu getreuen Handen übergeben hatte. Zu dem sprach Sophie: »Lieber Ohm, ich habe nun bracht Heinrichen, meinen Sohn, und bitte mir und ihm die Lande wieder zu überantworten, welche ich Dir zu getreuer Hand befohlen habe. « Da antwortete der Markgraf: »Gerne, meine allerliebste Base! Meine getreue Hand soll Dir unverschlossen sein und Deinem jungen Sohn, meinem Ohmen. « – Und da er so sprach, kamen sein Marschall, Helwig von Schlotheim und sein Bruder Hermann, zogen den guten Fürsten bei Seite und sprachen: »O Herr! was wollt Ihr thun, ein solch fruchtbar Land und die unüberwindliche Feste Wartburg zu übergeben, da Ihr doch auch mit Glimpf, Eurer Mutter halben, Euch für einen Erben mögt eindringen. Und wär' es möglich, daß Ihr einen Fuß im Himmel hättet und den andern auf der Wartburg, viel eher solltet Ihr den aus dem Himmel zurückziehen, denn den von der Wartburg. « – Also kehrte sich der Markgraf wieder zu seiner Base und sprach: »Liebe Base, ich muß mich zu diesen Dingen bedenken und den Rath meiner Getreuen darüber hören. « Da merkte Frau Sophie, daß ihr Ohm durch falschen Rath sein Gemüth verkehrt hatte und ihr das Land vorenthalten wollte, das sie ihm in gutem Glauben übergeben hatte; darum ward sie sehr betrübt, weinte bitterlich, zog ihre Handschuh von den Händen und sprach: »O du Feind aller Gerechtigkeit, ich meine Dich, Teufel, nimm hin diese Handschuh mit den falschen Rathgebern!« und warf sie in die Luft. Also wurden die Handschuh hinweggeführt und nimmermehr gesehen. Die Räthe aber samt ihren Knechten sollen keines rechten Todes gestorben sein.

Sophie vor Eisenach.

Als Sophie von einer Reise gen Brabant zurückgekehrt war, ging sie mit ihrem Sohne nach Eisenach, von dem Markgrafen die Lande zurückzufordern. Aber die Bürger hatten die Thore vor ihr verschlossen und wollten sie nicht einlassen, denn sie hatten sich dem Markgrafen zugewandt. Da ergriff die erzürnte Herzogin eine Axt und hieb in das St. Georgenthor, daß man das Wahrzeichen noch zweihundert Jahre nachher in den eichenen Bohlen gesehen hat, und trieb solchen Jammer, daß die Bürger dadurch bewegt wurden, ihr öffneten und huldigten.

Der Markgraf gewinnt Eisenach.

Im Jahre 1261, in der Nacht *conversionis Pauli,* erstieg der Markgraf die Stadt hinter dem Barfüßer-Kloster und züchtigte die, welche Sophie und ihr Kind eingelassen hatten. Unter diesen war ein wohlhabender Bürger, genannt von Velsbach, der sprach: Das Thüringer-Land wäre billiger des Kindes von Hessen, denn des Markgrafen von Meissen; denn dieser Mann wußte die Rechte. Da ließ ihn der Landgraf in eine Blide oder Schleuder legen und in drei Stunden drei Mal vom Schloss in die Stadt Eisenach werfen. Zwei Stunden blieb er leben und sagte gleichwohl: das Land gehöre dem Kinde; beim dritten Mal gab er den Geist auf. – Noch bezeichnet ein Stein die Stelle, wo Velsbach niederfiel und wahrscheinlich auch begraben liegt.

Heinrichs des Kindes Rettung.

Um die Mitte des dreizehnten Jahrhunderts lebten zwei Brüder von Baumbach, Heinrich, der dem Kinde von Brabant treu ergeben, und Ludwig, der ein Anhänger des Markgrafen von Meissen gewesen. Einst als der junge Landgraf, von seinem getreuen Heinrich von Baumbach begleitet, sich weit in das Land der Thüringer gewagt hatte und in Gefahr kam, erkannt zu werden, überredete ihn dieser mit edler Selbstverläugnung, die Kleider mit ihm zu wechseln. Wirklich wurde der wackere Edelmann, den man nun, seiner Kleidung nach, für den Landgrafen hielt, gleich darauf gefangen genommen. Der Landgraf selbst entkam glücklich und erhielt die Kunde von der Ermordung seines edlen Freundes, ehe er im Stande war, Etwas zu seiner Rettung zu unternehmen.

Den abtrünnigen Ludwig von Baumbach schloß der Landgraf von den hessischen Lehengütern seines Stammes aus. Aber der Markgraf entschädigte ihn dafür, indem er ihm eine Erbtochter von Farnrode freite und Lehen und Namen dieses Geschlechts auf ihn übertrug.

Der goldene Schlüssel des Landgrafen Philipp.

Auf allen Bildern des Landgrafen Philipp des Großmüthigen wird dieser mit einem großen goldenen, nach unten offenen Schlüssel um den Hals dargestellt, auf welchem er insonderlich auf der Jagd seine Dienerschaft herbeizupfeifen pflegte. Auch Landgraf Wilhelm sein Sohn hat diesen (?) Schlüssel als beständiger Begleiter an einer Schnur um den Hals bei sich geführt, den er jedoch nicht zu diesem Zwecke, sondern zur Verwahrung von Briefschaften benutzte, an denen ihm viel gelegen war. Dieser Schlüssel ist im Jahre 1570 an das Archiv zu Cassel zur Verwahrung abgegeben worden. Was der Schlüssel eigentlich zu bedeuten gehabt hat, ist niemals bekannt worden, er ist weder ein Siegel in Gestalt eines Schlüssels gewesen, wie man gedacht hat, noch hat er das Sinnbild der landeshoheitlichen Macht des Landgrafen bedeuten sollen, noch viel weniger kann er die Stelle eines Degens vertreten oder angezeigt haben, daß die Landgrafen als Verehrer und Bewahrer des Landfriedens, zu dessen Beschützung die Kammer errichtet war, mit einem solchen prangten.

Das Almosen

Landgraf Philipp der Großmütige verdiente diesen Namen, welcher eigentlich bedeutet: der herzhafte, Tapfere, auch in dem Sinne, in welchem wir das Wort heutzutage brauchen; er war ein Herr, der zur rechten Zeit und am rechten Orte wohl ab und zu thun verstand , und von seinen Unterthanen, von denen er wohl wusste, wie treu sie ihm waren, manches hörte und ertragen konnte. Dazu war er mildtätig und freigebig.

Einst hatte er eine außerordentliche Abgabe durch das ganze Land ausgeschrieben, denn zu Führung der Kriege, die er größtenteils um des evangelischen Glaubens willen unternahm, brauchte er oft Geld und viel Geld. Die Armen und insbesondere die Witwen aber sollten, das war sein ausdrücklicher Befehl, mit der Steuer verschont werden. Einer seiner Rentbeamten aber, der sich etwa durch eine große

Summe eingetriebener Abgaben beliebt machen, aber vielleicht gar sein Schäfchen dabei besonders scheeren wollte, hatte jedoch auch einer Witwe in seinem Bezirk die Steuer in seines Fürsten Namen abgefordert, und da diese sie nicht bezahlen konnte, ihr die Kuh gepfändet. Eben wurde die Kuh fortgeführt, und die Frau ging laut weinend und jammernd neben der Kuh her. Da trifft sich's, daß der Landgraf mit seinem Gefolge daher geritten kommt, den die Frau aber nicht kennt. Der Landgraf fragt, was ihr fehle? Und sie erzählet ihm ihr Schicksal. Der Landgraf gibt ihr einen Thaler, um die Kuh wieder einzulösen. Voller Freude geht die Frau von dannen, betrachtet sich den Thaler und spricht: ‚So wollt ich doch nun, dass der Thaler glühend heiß wäre und brennete dem Fürsten lichtes Lohes auf dem Herzen. ' und was that der Landgraf? Lachend wandte er sich nach seinem Gefolge um und sprach: ‚Hört doch, hört! Habe ich meinen Thaler nicht wohl angelegt? '

Zuweilen wollten die Herren vom Hofe seiner Mildthätigkeit Grenzen setzen, indem sie sagten, dieser oder jener, dem er etwas gegeben hatte oder zu geben willens war, sei der Wohlthat und des Almosens nicht wert. ‚Er hat mich, ' antwortete der Landgraf, ‚in meines Herrn Christi Namen angesprochen, darum thue ich ihm Gutes, obschon er es nicht wert ist. '

Als aber einst einer seiner Edelleute zu der Zeit, als die vielen schönen Klostergüter eingezogen wurden, nach einem derselben Lust bekam, und den Landgrafen darum anging, er möge es ihm doch für seine langen treuen Dienste geben, sprach der Landgraf: ‚Wie könnten Wir dazu kommen, daß Wir dir ein solches gut schenkten? Ist es doch nicht unser sondern Gottes und seiner Kirche. Sollten Wir es nun Gott nehmen und dir geben? Das schickt sich nicht. Diese Güter müssen wieder hin gegeben werden, woher sie gekommen sind, zu Kirchen und Schulen und zur Steuer der Armen und Kranken. Ist dir etwas von Nöten, so warte so lange, bis das ein weltlich Gut, das Unser ist, los wird, und bitte darum, so wollen Wir deiner Bitte und deines Dienstes nicht vergeßen.'

Und den Ruhm, die Kirchengüter zu rechten Dingen treulich verwendet zu haben, hatte damals Philipp der Großmütige vor allen seinen Fürsten du Herren seiner Zeit voraus, und das soll ihn auch voraus behalten.

Landgraf Philipp und der Bauer.

Als Landgraf Philipp im Jahr 1537 unter anderm einen feisten Hirsch in der Karthause auf dem Eppenberge zerlegen ließ, sprach er:»Das Thier hat viel Weiß.«Da antwortete ein Bauer von Hilgershausen, der dabei stand:»Ja, gnädigster Herr, das kostet uns unsere guten Körnlein, die sie uns im Felde abätzen.«Darauf sagte der Landgraf:»Wie mögt ihr nur verlangen, daß ich eure Kühe in meinen Wäldern weiden lasse, da ihr euch beschwert, daß meine Kühe in eure Felder gehen?«Gleichwohl ließ er dem Bauern durch den Rentschreiber zu Felsberg zwei Viertel Korn an seinen Zinsen absetzen.

Die beiden Landgrafen.

Ein andermal sah Landgraf Philipp auf der Jagd einen schönen schlankgewachsenen Bauernburschen einen Hund leiten und fragte ihn:»Wer bist Du und wie heisest Du?«Der Bauer antwortete:»Ich heiße Hans Landgraf.«»Wie«, sagte Philipp lachend,»Landgraf heisest Du? Wie bist Du zu dem Namen gekommen? Du mußt wohl von der Bank gefallen sein?«Der Bursch aber erwiderte:»Gnädigster Herr und Fürst! Ich bin von armen, aber redlichen und frommen Eltern auf einem Dorfe geboren und es ist mein und meiner Altvordern Zuname, dabei man uns Landgrafen erkennet.«Dem Fürsten gefiel diese Antwort so wohl, daß er dem Bauern ein Geschenk reichte und sagte:»Weil Du ein Landgraf bist, so sollst Du auch die Hunde nicht mehr leiten und fortan davon befreit sein.«

Kleider machen Leute

Als Landgraf Philipp der Großmütige im Jahre 1527 die Universität zu Marburg gestiftet hatte, berief er von allen Seiten her die gelehrtesten Leute zu Lehrern an der für die evangelische Kirche neu gegründeten Hochschule. Unter diesen war denn auch ein weit berühmter Mann, Hermann Busch, ein Edelmann aus Westfalen, und eigentlich von dem Busche geheißen. Als dieser in Marburg angekommen war, und zum ersten Male durch die Barfüßerstraße herauf über den Markt gieng, meinte er, jedermann würde in ihm den bekannten und berühmten Doctor Busch erkennen und ehren. Aber die Bürger zu Marburg, denen die Errichtung der Universität nicht einmal ein sonderlicher Gefallen war, hatten noch niemals etwas von dem Doctor Busch gehört, und kümmerten sich nichts um seine Gelehrsamkeit. Also war er durch die halbe Stadt gegangen und niemand hatte ihn auch nur gegrüßt. Da kehrte er in seine Wohnung zurück, legte seine Alltagskleider ab, that sein Feiertags-kleid, ein stattliches Rittergewand, an, und machte sich auf den Weg durch die Barfüßerstraße auf das Markt noch einmal. Da grüßte ihn jedermann mit Hutabziehn und Gnipgnappen (tiefen Verbeugungen), und alle Welt fragte: „Wer ist doch der ehrliche (stattliche) Herr?" Aber Herr Busch eilte voller Wut zum zweitenmale nach Hause, riß sein schönes Kleid vom Leibe, warf esauf die Erde, sprang mit gleichen Füßen darauf herum und schrie: „Bist du denn der Doctor Busch, oder bin ich es?"

In Ketten aufhängen

Landgraf Philipp von Hessen mußte eine Zeitlang bei dem Kaiser gefangen sitzen; mittlerweile überschwemmte das Kriegsvolk seine Länder und schleifte ihm alle Festungen, ausgenommen Ziegenhain. Darin lag Heinz von Lüder, hielt seinem Herrn rechte Treue und wollte die Feste um keinen Preis übergeben, sondern lieber sich tapfer wehren. Als nun endlich der Landgraf ledig wurde, sollte er auf des Kaisers Geheiß, sobald er nach Hessen zurückkehren würde, diesen hartnäckigen Heinz von Lüder unter dem Ziegenhainer Tore in Ketten aufhängen lassen, und zu dem Ende wurde ein kaiserlicher Abgeordneter als Augenzeuge mitgegeben. Philipp, nachdem er zu Ziegenhain eingetroffen, versammelte den Hof, die Ritterschaft und des Kaisers Gesandten.

Da nahm er eine güldene Kette, ließ seinen Obersten daran an einer Wand, ohne ihm wehe zu tun, aufhängen, gleich wieder abnehmen und verehrte ihm die goldene Kette unter großen Lobsprüchen seiner Tapferkeit. Der kaiserliche Abgeordnete machte Einwendungen, aber der Landgraf erklärte standhaft, daß er sein Wort, ihn aufhängen zu lassen, streng gehalten und es nie anders gemeint habe. - Das kostbare Kleinod ist bei dem Lüderschen Geschlecht in Ehren aufbewahrt worden und jetzt, nach Erlöschung des Mannsstammes, an das adlige Haus Schenk zu Wilmerode gekommen.

Feuer zu rechter Zeit

Der treue und erprobte Diener des Landgrafen Philipp des Großmütigen, Simon Binge, wußte auch Andern als seinem Herrn zu rechter Zeit nützliche Dienste zu leisten. Einst kamen angesehene gesandte eines fremden Fürstenhofes nach Kassel, und der Landgraf gab ihnen in Gegenwart seiner Räte öffentliches verhör, oder wie man jetzt spricht, feierliche Audienz. Aber als sie nun auftreten, und ihre Rede anheben sollen, kamen sie aus der Fassung, erblassten, stotterten und verstummten endlich ganz, so daß sie auch kein Wort mehr hervorzubringen vermochten. Allen, die zugegen waren, wurde heiß und schwül zumute, und hätten sie den fremden wol gern geholfen, wenn sie nur gewußt hätten, wie? Da sprang Simon Bing unversehens auf und rief laut: „Gnädiger Fürst und Herr, ich riehe Feuer." Auf diesen Ruf lief der Landgraf und alle seine Leute eilig aus dem gemach. Als sie draußen waren, sagte Bing zu dem Landgrafen: „Euer fürstliche Gnaden wollen nicht erschrecken, sondern sich eine Weil hier außen gedulden, bis sich diese guten Leute wieder etwas erholt haben." Da aber der Landgraf hiermit den klugen Einfall merkte, wartete er eine Weile vor dem gemach, darnach gieng er wieder zu den gesandten hinein, die nunmehr wieder zu sich gekommen waren, und einen so stattlichen Vortrag hielten, daß sich jedermann verwunderte.

Hessentreue.

Von der ersten Besitznahme des Klosters Hochborn, zwischen Marburg und Treis, durch die von Scheuernschloß hat sich noch eine alte Sage unter dem Volke erhalten. Ein hessischer Landgraf (Philipp?) hatte sich einst verkleidet in eine feindliche Festung geschlichen, um ihr Inneres zu erforschen und wurde von der Wache, einem geborenen Hessen, auch in seiner Verkleidung erkannt. »Um Gottes willen«, redete ihn der in fremdem Solde stehende Hesse leise an, »was wagt Ihr, mein Fürst? « Er verrieth jedoch seinen angestammten Landesherrn nicht, sondern war ihm zum Entkommen behülflich. Der Landgraf beschenkte ihn mit einem kostbaren Ringe und sagte zu ihm: »Wenn Du je in Noth gerathen solltest, so komme nur zu mir. «

Nach vielen Jahren kam ein Fremdling, in dem dürftigsten Anzuge, nach Cassel und verlangte allein vor den Landgrafen gelassen zu werden. Anfangs wurde er von der Wache, die ihn für einen gefährlichen Landstreicher hielt, zurückgewiesen. Nach wiederholten dringenden Bitten aber, und weil er dem Landgrafen etwas Wichtiges entdecken zu wollen vorgab, wurde er vorgelassen. Der Landgraf erkannte den Fremdling anfänglich nicht in seinem ärmlichen Anzuge; sobald er ihm aber den einst von ihm empfangenen kostbaren Ring zeigte, reichte er ihm gerührt die Hand und beschenkte ihn mit dem eben säkularisirten Kloster Hochborn. Der Fremdling war aber Einer von Scheuernschloß, der aus Armuth fremde Kriegsdienste hatte suchen müssen.

Burchard von Gramm

Das ist der wackere Name eines Edelmannes, welchen Landgraf Philipp der Großmütige zum Statthalter bestellt hatte, und welcher in diesen hohen Ehrenämtern lange Jahre mit hohen Ehren geseßen hatte. Er war ein Mann von echtem deutschen Sinn und Wesen, der sich um die gelehrte Weisheit, welche damals schon anfieng überhand zu nehmen, nicht viel kümmerte, und nicht viel Lateinische zu vergeßen hatte, der aber wol wußte, wo und wann zugegriffen werden müße, und wenn es Noth that, wacker und kräftig zugriff, der dem Armen wie dem Reichen Gerechtigkeit widerfahren lies, offen, gerade, und tapfer allem Unrecht ins Gesicht widersprach, alle krummen Schleichwege haßte, seinem Fürsten und Herrn in allen Dingen treulich, ehrlich und wol diente, und dem Lande so wol vorstand, daß Herr und Knecht ihn liebten, und mehr Nutzen von ihm hatten, als von vielen der damaligen gelehrten Staatsmänner, die vor lauter lateinischer Sprache und lateinischem Recht die deutsche Sprache, das deutsche Recht, die deutsche Ehre und Ehrlichkeit verlernten und vergaßen.

Da er auf der Universität Marburg mit den vielen gelehrten Doctoren und Professoren Umgang haben mußte, und viele Geschäfte mit ihnen hatte, so merkten es ihm wol diese Herren, die fast nichts als Latein, wenigstens mehr Latein als deutsch sprachen, und bei denen die lateinische Gelehrsamkeit damals Alles in Allem galt, bald an, daß er mit ihnen eben nicht wol fort konnte, und es gieng ihm allerdings zuweilen, wie ehedem dem deutschen Kaiser Sigismund auf der Kirchenversammlung zu Kostniz, dessen Histörchen ich zu Nutz und Ergetzen meiner lateinischen Leser unten hinsetze, so daß er ihnen mitunter auch wol etwas zu lachen gab, aber er wußte sich bei den

Herren vom Katheder und von der Feder in gebührendem Respect, und was mehr ist, sogar im Vertrauen und in der Liebe zu erhalten.

Auf seiner Kanzlei hielt er die strengste Ordnung; keiner seiner Kanzleischreiber durfte es wagen, die Unterthanen zu belästigen oder hinzuhalten, oder ungehörter Sachen abzuweisen, oder von ihnen Geschenke zu erpressen; alles mußte genau und schnell und gerecht verhandelt und abgethan werden. Das wußten auch die oberhessischen Bauern recht gut, und sagten deshalb von ihm, er wäre der Teufel gar auf der Kanzlei. Das hatte sich einer, der noch nicht viel auf der Regierungskanzlei in Marburg zu thun gehabt, jetzt aber gerade ein dringendes Anliegen daselbst vorzubringen hatte, so gut gemerkt, daß er, als er am folgenden Tage zum Barfüßer Thor hereinschritt, alsbald den ersten besten Marburger Bürger fragte: wo der wohne, der der Teufel gar auf der Kanzlei wäre? Und als er hierauf in die Wohnung des Statthalters, unsers Burchard von Cramm gewiesen wurde, und vor ihn trat, begann er treuherzig seinen Spruch also: Allmächtiger Herr Statthalter, ich höre daß ihr der Teufel gar auf der Kanzlei seid. Der Herr von Cramm wußte recht wohl, wie das gemeint war, lachte dazu, hörte den Mann ruhig an und half ihm sogleich ab, wie er konnte.

Müßiggänger konnte er nicht leiden. Nun ist zu Marburg auf dem Markte ein Ort, welcher der Kavat, oder wie man jetzt noch unverständlicher spricht, der Karfat genannt wird, ehedem die Stelle des Schnappgalgens und mit großen Quadersteinen eingefaßt, die nun seit zwanzig Jahren gänzlich weggeräumt sind, so daß jetzt nur ein Treppchen übrig geblieben ist. Auf diesem Kavat standen gemeiniglich faule Bürger und Handwerksleute und sahen zu, was auf dem Markt vorgehe. Wenn nun nichts zu thun oder zu sehen war, so pflegten sie vor langer Weile, wie die in Melsungen an der Brücke, ihre Meßer und Barten an den Quadersteinen zu wetzen. Wenn nun aber der Statthalter da vorbeiging, dieses Messerwetzen sah, und auf seine Frage, was sie da machten, keine andere Antwort erhielt, als: „Herr Statthalter, ich habe nichts zu thun, ich wetze mein Messer," dann sagte er: „Wohlan, mein Kerl, ich will dir zu tun geben", und so nahm er diese unnützen Messerwetzer alsbald mit hinauf auf das Schloss und stellte sie an das Holzspalten, damit sie doch einen ehrlichen Tagelohn verdienen mußten, sie mochten wollen oder nicht. Und seitdem soll das Messerwetzen an dem Kavat in Abgang gekommen sein. Die ausgewetzten Lücken aber sah man daselbst noch vor zwanzig Jahren, und der Historienschreiber hat damals oft, wenn er sie ansah, an den ehrlichen, wackern Burchard von Cramm gedacht.

Es geht ein Sprichwort: eine Krähe hackt der andern kein Auge aus, und damals wurde dasselbe noch mehr gebraucht als heut zu Tage, denn damals hielt Bauer bei Bauer, Bürger bei Bürger, Edelmann, bei Edelmann, es mochte Recht oder Unrecht sein. Aber bei Burchard von Cramm gieng das Sprichwort doch fehl. Einst verklagte ein Bürger einen Edelmann bei dem Statthalter wegen einer Schuldforderung. Der Edelmann machte eine kahle Ausflucht nach der anderen, worauf dann der Bürger seine Gegenantwort jedesmal mit: „Euer Besten" anhob, denn so pflegte man damals Edelleute anzureden. Als nun das gar oft wiederkam, und Burchard von Cramm wol sah, daß er einen bösen Schuldner vor sich hatte, sagte er: „Ja wie heißen wohl mit Recht Euer Beste, denn wenn wir etwas schuldig sind, so halten wir so fest, daß kein Teufel nichts von uns bringen kann.

Das oben schon genannte Histörchen:

Kaiser Sigismund redete die im Jahre 1415 zu Kostniz versammelten Erzbischöfe, Bischöfe und Aebte also an: „Videte, patres, ut eradicctis schissmam Hussitarum." Das klang einem der gelehrten Herren so über in sein lateinisches Ohr, daß er, wie das vieler Gelehrten Art oder Unart ist, seinen Tadel nicht verbeißen konnte; „Serenissime rex, sagte er schisma est generia neutrius." „Woher wißt Ihr das?" entgegnete der Kaiser. Der Gelehrte antwortete: „Alexander Gallus sagt es." „Wer ist Alexander Gallus?" fragte der Kaiser weiter, und der Gelehrte antwortete: „Das ist ein Mönch." „Ja", sagte Sigismund, „so bin ich römischer Kaiser, und mein Wort wird ja noch so viel gelten als eines Mönchs Wort." – Eben so sagte auch Burchard von Cramm, wenn er etwa gesagt hatte: „haec poema bona est", oder dergleichen, er wolle hundert Goldgulden darum geben, wenn er mit den wunderlichen Endungen der lateinischen Wörter könne zurecht kommen, und vorab wenn er alle in A desinentia könne mit einemmal zu Femininis machen.

Der böse Wunsch

Einstmals reiste Landgraf Philipp, wie er gern tat, ohne sonderliches Gefolge durch sein Land, trug dabei auch schlechte Kleider und offenbarte seinen Stand keinem, der ihn nicht kannte. Da begegnete er einer Bauersfrau, die trug ein Gebund Garn, und er fragte sie, wohin sie denn wolle. Da fing das Weib an, jämmerlich zu klagen und zu lamenten; sie wolle und müsse das Garn verkaufen, obschon sie es selber an zehn Enden entraten müsse, um nur die hohe Schatzung und Steuer zu entrichten, die der Landgraf habe ausschreiben lassen, und es sei eine schlimme Zeit und ein schmählicher Druck. Darauf fragte Philippus das Weib, wie hoch denn die Steuer sich belaufe, die sie zu entrichten habe, und sie antwortete: Einen Ortsgulden. - Da griff der Landgraf in seinen Säckel und gab ihr einen ganzen Ortstaler; darüber ward das arme Weiblein vor Freude rot wie ein Brand, sie sah aber nicht, daß auf dem Taler Philippi Bildnis geprägt stand im vollen Stahlharnisch und auf der Rückseite sein Helm mit der Zier und der schöne Spruch: Was Gott beschert, bleibt ungewehrt - und rief: Lohn's Gott! Lohn's Gott, edler Junker! Daß doch dieses Euer Geld dem Landgrafen, in dessen Schatz ich's liefern muß, auf der Seele brenne wie das höllische Feuer. -

Da wandte sich der Landgraf lachend um und sprach zu seinen Begleitern: Hörtet ihr's wohl? Das ist ein wunderlicher Handel, wann einer wie alleweile ich für sein eigenes Geld sich solchen bösen Wunsch einkauft! - Nun - was Gott beschert, bleibt ungewehrt! –

Heinrich der Eiserne.

Ebenderselbe Landgraf Heinrich, der durch die Wahl der meißnischen Fürstentochter das Regiment in Hessen erhielt, besaß eine außerordentliche Leibesstärke, weshalb er gemeiniglich der »Eiserne Henrich« genannt wurde, und das

Sprüchwort ging in den Nachbarlanden:

> *Hüte dich vor dem Landgrafen zu Hessen,*
> *Willtu nicht werden gefressen.*

Man sagte von ihm, daß er einst mit bloßen Händen ein Hufeisen zerbrochen und seiner persönlichen Tapferkeit Niemand widerstanden habe.

Otto der Schütz.

Heinrich der Eiserne hatte von seiner Gemahlin zwei Söhne, Heinrich und Otto. Als diese zu reiferen Jahren gelangt waren, bestimmte er Ersteren zu seinem Nachfolger, den Andern, nach Zeitsitte, zum geistlichen Stande, und schickte ihn mit ansehnlichem Gefolge auf die hohe Schule gen Paris. Aber Otto hatte wenig Neigung für das thatenlose Faullenzerleben der Geistlichen seiner Zeit. Jung, schön von Angesicht, stark und lebenslustig wie er war, liebte er die Jagd und stand weit und breit in dem Rufe eines trefflichen Bogenschützen.

Darum, als er mit seinen Begleitern zu Köln anlangte, entfernte er sich heimlich von ihnen, kaufte sich zwei riesige Pferde, einen guten Harnisch und eine Armbrust und begab sich an den clevischen Hof, wo er als Bogenschütz in die Dienste des Herzogs trat. Einige Jahre lebte er hier unerkannt unter dem schlichten Namen Otto Schütz und erwarb sich durch seine trefflichen Eigenschaften und sein ritterliches Wesen in hohem Grade die Gunst seines Gebieters und die Liebe der herzoglichen Tochter, der schönen und tugendhaften Elisabeth.

Da begab es sich einst, daß ein hessischer Edelmann, Heinrich von Homberg, auf einer Pilgerreise nach Aachen begriffen, am Hof zu Cleve einsprach, wo er in seiner Jugend als Page gedient hatte. Im Schloßhofe begegnete er Otto dem Schützen, erkannte ihn augenblicklich und erwies ihm fürstliche Ehre. Vergebens bemühte sich dieser, seinen Stand zu verleugnen und die ihm geschehene Ehre von sich abzuweisen, denn der Herzog hatte aus einem Fenster des Schlosses den Vorgang mit angesehen und erhielt durch den von Homberg Kunde von der fürstlichen Abkunft seines Bogenschützen. Da ließ er Otto vor sich kommen und hörte endlich aus seinem eigenen Munde die Bestätigung dessen, was Heinrich von Homberg ihm berichtet.

Der Herzog gab ihm seine Tochter zur Gemahlin und Otto kehrte darauf in sein Vaterland zurück, wo er mit großem Jubel und von seinem ergrauten Vater, der inzwischen den älteren Sohn durch den Tod verloren hatte, mit offenen Armen empfangen wurde.

Otto, der Schütz

Als die mutige Thüringerin Sophia ihrem Kinde von Brabant trotz Heinrichs des Erlauchten Widerstreben ein schönes Erbland mit ihres Anhanges Hilfe erstritten hatte und das Haus Hessen fest begründet war, hatte Heinrich, zubenamt der Eiserne, Landgraf von Hessen, der ein Enkel war Heinrichs I., des Kindes von Brabant, zwei Söhne und drei Töchter: Heinrich, Otto, Adelheid, Elisabeth, Judith. Der Vater erwog weislich, daß nichts mehr ein Land schädigt als Zersplitterung unter viele Erben, bestimmte daher seinem Erstgebornen das Land, und Otto sollte Mönch werden. Derselbe hatte aber dazu keine

Neigung, nahm sein Gewaffen und seinen Harnisch, einen Knappen und zwei gute Rosse, entritt seines Vaters Hofe heimlich, kam als Bogenschütze zum Herzog Adolf von Kleve und bot ihm seine Dienste an, die er auch gern erhielt, denn er war ein trefflicher Schütze. Da geschahe es, daß unterweilen Ottos Schwestern sich alle drei verheirateten, Adelheid an König Kasimir III. von Polen, Elisabeth an den Herzog Otto zu Sachsen-Lauenburg, Judith an Otto den reichen oder freigebigen Herzog zu Braunschweig, und daß sein Bruder Heinrich starb. Da hoffte nun niemand mehr darauf, das Hessenland zu schlucken und zu erben, als der Braunschweiger, dieweil der alte Landgraf, nachdem sein zweiter Sohn spurlos verschollen war, keinen Erben mehr hätte. Es war aber der Braunschweiger nicht geliebt von den Hessen, und der alte Landgraf hatte auch noch nicht Lust, diesem Eidam die Freude seines Sterbens zu machen, und lebte dem alten wahren Sprichwort getreu: Hofftod stirbt nicht.

Indessen liebte Otto der Schütz die Tochter seines Herrn, Prinzessin Elisabeth, und wurde von ihr wiedergeliebt, hatten es gar heimlich miteinander und mußten es auch, denn sie selbst wußte nicht einmal etwas von seiner hohen Abkunft, bis ein fahrender Ritter aus Hessenland, Heinrich von Homberg, einmal unversehens am Hofe zu Kleve einsprach und seinen angeborenen jungen Herrn unter der Dienerschaft des Herzogs erblickte. Gleich erkannte er ihn und erwies ihm große Ehrerbietung, und so ward sein Geheimnis entdeckt, und durfte nun auch seine Liebe nicht länger verheimlichen. Da willigte der Herzog mit Freuden in die Verbindung, und der alte Landgraf pries Gott, daß er ihm den Sohn wiederschenkte, und der Herzog von Braunschweig erbte diesmal nichts und später auch nichts, denn obschon auch Otto der Schütz noch vor dem Vater heimging und Erben mangelten, so fiel doch das Land nun an des Vaters Bruderssohn, Hermann den Gelehrten, von dem alle Landgrafen zu Hessen und auch der große, hochberühmte Philipp der Hochherzige abstammen.

Die Brautfahrt.

Landgraf Otto's Söhne, Heinrich und Ludwig, blieben Herren des Landes, da ihr Vater gestorben war, und jeder hätte gern das Regiment für sich allein gehabt, denn sie waren beide jung, schön, stark und gerad; darum wollte keiner dem andern weichen. Also fanden sie Rath und beschlossen, beide zugleich um eine Jungfrau zu freien; welchen die erwählte, der sollte Herr vom Lande sein und bleiben und der andere einen Abschied haben auf Grebenstein, Immenhausen, Nordeck und Allendorf an der Lumbde; und derselbe sollte kein Eheweib nehmen, damit nach seinem Tode kein Streit um die Nachfolge entstehe. Da sie sich dessen also vereinigt hatten, kleideten sie sich gleich, erzeigten sich mit Pferden und Harnisch der Art, daß keiner einen Vorteil vor dem andern hatte, und ritten mit einander gen Meißen, denn Markgraf Friedrich der Freudige hatte eine Tochter, Elisabeth, die war jung und schön und gefiel den fürstlichen Brüdern, darum hatten sie diese ausersehen, über ihr Schicksal zu entscheiden. Als nun beide ihre Werbung vorgebracht hatten, erkor die Jungfrau den älteren Bruder, Landgrafen Heinrich. Da ward dieser Herr des Landes zu Hessen und Landgraf Ludwig mußte sich mit dem Abschiede begnügen.

Landgraf Moritz von Hessen

Es war ein gemeiner Soldat, der diente beim Landgrafen Moritz, ging gar wohl gekleidet und hatte immer Geld in der Tasche; und doch war seine Löhnung nicht so groß, daß er sich, seine Frau und Kinder so stolz hätte halten können. Nun wußten die andern Soldaten nicht, wo er den Reichtum herkriegte, und sagten es dem Landgrafen. Der Landgraf sprach: „Das will ich wohl erfahren." Und als es Abend war, zog er einen alten Linnenkittel an, hing einen rauhen Ranzen über, als wenn er ein alter Bettelmann wäre, und ging zum Soldaten. Der Soldat fragte, was sein Begehren wäre. - Ob er ihn nicht über Nacht behalten wollte? - Ja, sagte der Soldat, wenn er rein wäre und kein Ungeziefer an sich trüge; dann gab er ihm zu essen und zu trinken, und als er fertig war, sprach er zu ihm: „Kannst du schweigen, so sollst du in der Nacht mit mir gehen, und da will ich dir etwas geben, daß du dein Lebtag nicht mehr zu betteln brauchst." Der Landgraf sprach: „Ja, schweigen kann ich, und durch mich soll nichts verraten werden." Darauf wollten sie schlafen gehen; aber der Soldat gab ihm erst ein rein Hemd, das sollte er anziehen und seines aus, damit kein Ungeziefer in das Bett käme. Nun legten sie sich nieder, bis Mitternacht kam; da weckte der Soldat den Armen und sprach: „Steh auf, zieh dich an und geh mit mir." Das tat der Landgraf, und sie gingen zusammen in Kassel herum. Der Soldat aber hatte ein Stück Springwurzel, wenn er das vor die Schlösser der Kaufmannsläden hielt, sprangen sie auf. Nun gingen sie beide hinein; aber der Soldat nahm nur vom Überschuß etwas, was einer durch die Elle oder das Maß herausgemessen hatte, vom Kapital griff er nichts an. Davon nun gab er dem Bettelmann auch etwas in seinen Ranzen. Als sie nun in Kassel herum waren, sprach der Bettelmann: „Wenn wir doch dem Landgrafen könnten über seine Schatzkammer kommen!" Der Soldat antwortete: „Die will ich dir auch wohl weisen; da liegt ein bißchen mehr als bei den Kaufleuten." Da gingen sie nach dem Schloss zu, und der Soldat hielt nur die Springwurzel gegen die vielen Eisentüren, so taten sie sich auf; und sie gingen hindurch, bis sie in die Schatzkammer gelangten, wo die Goldhaufen aufgeschüttet waren. Nun tat der Landgraf, als wollte er hineingreifen und eine Handvoll einstecken; der Soldat aber, als er das sah, gab ihm drei gewaltige Ohrfeigen und sprach: „Meinem gnädigen Fürsten darfst du nichts nehmen, dem muß man getreu sein!" - „Nun sei nur nicht bös", sprach der Bettelmann, „ich habe ja noch nichts genommen." Darauf gingen sie zusammen nach Haus und schliefen wieder, bis der Tag anbrach; da gab der Soldat dem Armen erst zu essen und zu trinken und noch etwas Geld dabei, sprach auch: „Wenn das all ist und du brauchst wieder, so komm nur getrost zu mir; betteln sollst du nicht."

Der Landgraf aber ging in sein Schloss, zog den Linnenkittel aus und seine fürstlichen Kleider an. Darauf ließ er den wachthabenden Hauptmann rufen und befahl, er sollte den und den Soldaten - und nannte den, mit welchem er in der Nacht herumgegangen war - zur Wache an seiner Tür beordern. Ei, dachte der Soldat, was wird da los sein, du hast noch niemals die Wache getan; doch wenn's dein gnädiger Fürst befiehlt, ist's gut. Als er nun da stand, hieß der Landgraf ihn hereintreten und fragte ihn, warum er sich so schön trüge und wer ihm das Geld dazu gäbe. „Ich und meine Frau, wir müssen's verdienen mit arbeiten", antwortete der Soldat und wollte weiter nichts gestehen. „Das bringt soviel nicht ein", sprach der Landgraf, „du mußt sonst was haben." Der Soldat gab aber nichts zu. Da sprach der Landgraf endlich: „Ich glaube gar, du gehst in meine Schatzkammer, und wenn ich dabei bin, gibst du mir eine Ohrfeige." Wie das der Soldat hörte, erschrak er und fiel vor Schrecken zur Erde hin. Der Landgraf aber ließ ihn von seinen Bedienten aufheben, und als der Soldat wieder zu sich selber gekommen war und um eine gnädige Strafe bat, so sagte der Landgraf: „Weil du nichts angerührt hast, als es in deiner Gewalt stand, so will ich dir alles vergeben; und weil ich sehe, daß du treu gegen mich bist, so will ich für dich sorgen", und gab ihm eine gute Stelle, die er versehen konnte.

Tod des Erstgebornen.

Eines Morgens wurde dem Landgrafen Moriz gemeldet, daß sein jüngstes Kind in der Nacht gestorben sei. Der bestürzte Vater schöpfte Verdacht, daß die Amme es im Schlafe erdrückt haben möchte, forderte sie vor sich und machte ihr Vorhalt darüber. Die Magd vermaß sich zwar hoch und theuer, daß sie unschuldig an dem Tode des Kindes sei, konnte aber die Verdachtsgründe des Landgrafen, der eine böse Absicht dabei im Spiele glaubte, nicht widerlegen, und so wurde sie zum Tode verurtheilt. Als sie nun auf der Richtstätte anlangte und niederkniete, um den Todesstreich zu empfangen, sprach sie:»Ich bin so gewiß unschuldig, als in Zukunft jedesmal der Erstgeborne dieses fürstlichen Geschlechts früh sterben wird!« Nachdem sie dies gesprochen, flog eine weiße Taube über ihr Haupt hin, und ein rascher Hieb des Henkers machte darauf ihrem Leben ein Ende. Die Weissagung aber kam in Erfüllung und der älteste Sohn des fürstlichen Hauses ist noch immer in früher Jugend gestorben.

Die Wünschelruthe.

Es ist bekannt, sonderlich auf den Bergstädten, daß gewisse Leute gefunden werden, welche durch die Glücksruthe Metalle suchen und anzeigen können. Es ist zwar eine geheimnißvolle Sache, welche von Vielen für ein Traumbild gehalten wird, zumal die Probe sich nicht immer bewährt, auch nicht von Jedermann bewerkstelligt werden kann; aber ich will kürzlich an einige Dinge erinnern, welche bei diesem Handel nöthig erachtet werden. Es giebt Einige, die 1) keinen Unterschied des Holzes annehmen, es gilt ihnen gleich, von welchem Baume die Glücksruthe gebrochen wird; 2) nicht Tag und Stunde und Zeit im Jahre in Acht nehmen, wann sie gebrochen werden soll; 3) auf die Art und Weise nicht sehen, wie sie zu brechen und 4) keinen Unterschied in der Person beachten. Dieses Alles aber, wenn es nicht genau in Acht genommen wird, macht, daß die Ruthe entweder gar nicht oder falsch weiset. Auf das Erste: Keine Glücksruthe unter allen andern ist besser, als die vom Haselbaum gebrochene, zumal bekannt ist, daß dieser eine sonderbare Gemeinschaft, Zuneigung und Sympathie zu den Metallen und deren Spiritus hat, kraft welcher er sich gleichsam zu dem Orte der Erde neiget, und die Stelle anzeiget, wo sein Freund verborgen lieget. Auf das Andere: Die Glücksruthe soll gebrochen werden, wann die Sonne im Löwen gehet, weil sie alsdann ihre völlige Kraft hat, und an dem Tage des Planeten, unter dem das Erz stehet, welches man suchen will; nämlich um Gold zu suchen am Sonntag, Silber am Montag etc., des Morgens früh vor Sonnenaufgang. Denn die weisende Kraft des Baumes verbreitet sich durch das angenehme Temperament der Nacht bis in die äußersten Spitzen der Reiser, während dieselbe bei Tage durch die Sonne zerstreut und zurückgetrieben wird. Drittens soll sie mit einem geschwinden Riß auf einmal abgerissen werden, denn in dem Augenblicke, da die Natur des Baumes die Verletzung spüret, ruft sie jene geheimnißvolle Kraft aus den kleineren Zweigen zurück, die Ruthe wird also dieser Eigenschaft beraubt und zu dem Werke untüchtig gemacht. Sie soll mit der Hand abgerissen werden, weil durch der Hände warmes Temperament ihre Eigenschaft eben recht conservirt und befördert wird, und nicht mit einem Eisen, weil solches ein Gestirn bei sich hat, wie oft und viel bekannt, die Eigenschaft der Ruthe zu zerstören. Zum Vierten und Letzten sind alle Menschen nicht tüchtig, auf alle Erze mit der Ruthe zu gehen, daher denn dem Einen die Ruthe gar nicht, dem Andern auf dieses, dem Dritten auf jenes Erz schlägt. Die auf Gold gehen, müssen solarische, auf Silber lunarische und so fortan, Kinder sein.

Wünschelruthe beim Schatzgraben.

Im Frauenberge bei Marburg liegt nach dem Glauben der Leute ein großer Schatz geborgen und es hatten sich einst drei Männer aus Weidenhausen verabredet, denselben zu heben. Dazu bedurften sie einer Wünschelruthe, das ist ein Haselstock, der wie eine Gabel auslauft, und am ersten Advent um Mitternacht auf der Landesgrenze gebrochen werden muß. Sie warteten also den Advent ab, und als sie dann auf diese Weise den Zauberstab sich verschafft und unter einander abgemacht hatten, daß Keiner, was auch kommen möge, ein Wörtchen reden sollte, gingen sie in einer Nacht nach dem Frauenberge. Mit Hülfe der Wünschelruthe fanden sie bald den Ort, wo sie zu suchen hatten, fingen an zu graben und stießen nach kurzer Mühe auf einen großen kupfernen Kessel, der aber so schwer war, daß ihre vereinten Kräfte nicht hinreichten, ihn vollends aus der Erde zu heben, und sie begannen die Grube größer zu machen. Doch lange Zeit verstrich, ohne daß ihre Arbeit einen merklichen Erfolg hatte. Auf einmal stand ein Hund unter ihnen, klein wie ein Dachs, und so jung, daß er noch nicht beißen konnte, weil ihm das Gebiß fehlte, doch machte er einen so entsetzlichen Lärm durch Heulen und Bellen, daß den drei Männern nicht wohl zu Muthe dabei war und einer in der

Angst schon davon laufen wollte. Wie das einer der andern beiden bemerkte, lief ihm aber die Laus über die Leber, er vergaß das Stillschweigen, stieß einen Fluch aus und rief:»greift zu und macht, daß wir fertig werden!« Allein er hatte kaum den Mund aufgethan, da war auch der Kessel sammt dem Hunde verschwunden. Später gruben sie noch mehrmals nach, doch fanden sie gar den Ort nicht wieder, wo der Kessel gesteckt hatte.

Schatzgräberei am Frauenberg

Die Leute glauben, am Frauenberg bei Marburg liege ein großer Schatz verborgen. Einst verabredeten sich drei Männer aus Weidenhausen, ihn zu heben. Sie bedurften dazu aber einer Wünschelrute, das ist ein Haselstock, der wie eine Gabel ausläuft und am ersten Advent um Mitternacht auf der Landesgrenze gebrochen werden muß. Die drei Männer warteten also den Advent ab und verschafften sich dann zunächst den Zauberstab. Darauf gingen sie in einer Nacht nach dem Frauenberg und nahmen sich fest vor, daß keiner ein Wörtchen reden Sollte, es möge kommen, was da wolle. Mit Hilfe der Wünschelrute fanden sie bald den Ort, wo sie zu suchen hatten, fingen an zu graben und stießen bald auf einen großen kupfernen Kessel. Der war aber so schwer, daß sie ihn nicht vollends aus der Erde heben konnten, obwohl sie alle drei zusammen anfaßten und mit aller Gewalt zogen. Sie machten das Loch ringsherum größer; aber es verging lange Zeit, ohne daß sie den Kessel merklich höher brachten. Auf einmal stand ein Hund unter ihnen, klein wie ein Teckel und noch ganz jung, daß er noch nicht beißen konnte, weil er noch keine Zähne hatte. Doch bellte und heulte er so schrecklich, daß den dreien die Haare zu Berge standen und einer in der Angst schon davonlaufen wollte. Wie das einer der beiden anderen merkte, verlor er die Geduld; er vergaß das Stillschweigen, stieß einen Fluch aus und rief:»So greift doch zu und macht, daß wir fertig werden! « Kaum aber hatte er den Mund aufgetan, da tat es einen Krach, und der Kessel samt dem Hund war verschwunden. Später sind sie noch mehrmals hingegangen und haben nachgegraben; doch fanden sie den Ort gar nicht wieder, wo der Kessel gesteckt hatte.

Waizen in Gold verwandelt

Ein Marburger Bäcker ging über Land um Waizen aufzukaufen; als er über den Frauenberg kam, fand er dort ein großes Tuch ausge-breitet, auf welchem Waizen ausgelegt war. Verwundert hob er eine Hand voll auf, besah ihn und steckte einige Körner in die Tasche. Als ihm nun im nächsten Dorfe die Bauern Waizen anboten, welcher ihm nicht gefiel, sagte er:»Ich habe schönern heute gesehen,« und wollte ihnen die Probe zeigen, die er vom Frauenberge mitgebracht hatte. Aber wie er in die Tasche griff, waren statt Waizenkörner blanke Goldstücke darin; doch ließ er von seinem Glücke nichts merken, sondern brach den Handel ab und ging eilig nach dem Frauenberge zurück, um des Waizens noch mehr zu holen; allein nun war das Tuch verschwunden.

Waizen in Gold verwandelt.

Gleiches wird von einem Homberger Bäcker erzählt, der eines Abends nach Mardorf ging, wo er Geschäfte hatte. Es war schon spät, als er, an der Nordseite des Schloßberges anlangend, neben dem Pfade auf einmal zwei Tücher bemerkte, auf welchen Waizen zum Trocknen ausgebreitet war. Voll Verwunderung schöpfte er mit der Hand aus einem Haufen, doch ließ ihn das Mondlicht kaum die Körner erkennen und so steckte er einige in die Westentasche und ging seines Weges. – Nach seiner Rückkehr von Mardorf erzählte er seiner Frau was er gesehen und langte zum Beweise die Körner aus der Tasche. Da waren sie in eitel Gold verwandelt.

Der Werwolf.

Ein Ehepaar in Hessen lebte in Armuth. Zur Verwunderung des Mannes wußte die Frau dennoch bei jeder Mahlzeit Fleisch aufzutragen, lange verheimlichend, wie sie dazu gelangte; endlich aber versprach sie ihm die Entdeckung, nur dürfe er dabei ihren Namen nicht nennen. Nun gingen sie mit einander aufs Feld, wo eine Heerde Schafe weidete, zu welcher die Frau ihre Schritte lenkte, und als sie ihr nahe gekommen waren, warf sie einen Ring über sich, wurde augenblicklich zum Werwolf, der in die Heerde fiel, eins der Schafe griff und damit entfloh. Der Mann stand wie versteinert; als er aber Hirt und Hunde dem Werwolf nachrennen und die Gefahr seines Weibes sah, vergaß er sein Versprechen und rief:»Ach Margareit!« Da verschwand der Wolf und die Frau stand nackend auf dem Felde.

Der Bauer und der Werwolf.

Als einst ein Bauer nachts mit seinem Wagen über Land fuhr, stieß ihm ein Werwolf auf. Ihn zu entzaubern band der besonnene Mann unverweilt seinen Feuerstahl an die Geisel und schleuderte ihn, die Geisel in der Hand behaltend, über den Kopf des Wolfes her. Aber der Werwolf erhaschte den Stahl und nun mußte sich der Bauer durch eilige Flucht retten.

Der Irrwisch.

Im vorigen Jahrhundert gingen die Erzählungen vom Schlagen der Irrwische im Cappeler Felde bei Marburg sehr häufig. Man pflanzete sogar den Kindern ein, nicht zu sagen: Irrwisch leuchtet wie Haberstroh. Ein Bürger aus Homberg brachte ein Faß Weins gefahren; ein Rad brach ihm am Wagen. Da ließ sich ein Irrwisch sehen; jener wünschte ihm die ewige Ruhe. Der Irrwisch leuchtete ihm beim Einstecken des Rades und den ganzen Abend. Denn man glaubete, derjenige, welcher Grenzsteine verrücket oder sonst Uebeles gethan, müsse in der Irre feurig herumwandern.

Wassernixe.

Im Oktober 1615 will man zu Marburg bei der Elisabethenmühle auf der Lahn eine Wassernixe gesehen haben. Es soll eine schlangenartige Gestalt gewesen sein, deren Körper dünn, vom Wasser gebildet und vielfarbig war und Bewegung und Empfindung hatte. Wenn ihr Gefahr gedroht, habe sie sich in die Tiefe gesenkt. Sie bedeute nichts Böses, sagte man damals, und schade Niemand; drum möge man sie ungestört auf ihre Weise ihr Wesen treiben lassen; wer sie beunruhige, werde dafür büßen müssen.

Die Spinnerin auf dem Lahnberge.

Auf dem Lahnberge in Oberhessen saß eine weiße Jungfrau bei Sonnenaufgang, hatte auf Tüchern Waizen zum Trocknen ausgebreitet und spann. Ein Marburger Bäcker ging des Weges vorüber und steckte eine Hand voll Körner in die Tasche. Als er nach Hause zurückkehrte, fand er sie in lauter Goldkörner verwandelt.

Der Ameisentopf.

Ein armer Handwerker in Marburg besaß einen Garten vor der Stadt in der Habichtsthalgasse, nahe dem Finis- oder Venusloch. Eines Morgens war seine Frau frühzeitig aufgestanden, um im Garten zu arbeiten und hatte ihm gesagt, daß er gleich nachkommen und ihr helfen möchte; aber als sie fortging, hatte er sich noch einmal umgewendet und war wieder eingeschlafen. Als sie nun in die Nähe ihres Gartens kam, fand sie einen Topf, der, wie sich bei näherer Untersuchung zeigte, mit Ameisen gefüllt war. »Wart, « sagte sie zu sich selbst, »das kommt mir eben recht; ich will dem Langschläfer einmal einen Possen spielen! « kehrte um und stellte den Topf, da ihr Mann noch immer schlief, unter's Bett. Später, als sie nach gethaner Arbeit wieder nach Hause kam, saß der Mann noch im Bette, das ganz mit Goldstücken übersäet war. »Was sind das für Goldstücke? « fragte er seine Frau, die vor Verwunderung gar nicht wieder zu sich selbst kommen konnte; sie dachte an die Ameisen und erzählte ihrem Manne den Streich. Wie sie den Topf unter dem Bette hervorzog, war von den Ameisen keine Spur mehr darin.

Nicht alles dient Allen

Vor langen Jahren schickte mal ein Schäfer aus Dilschhausen seinen Sohn mit einer Anzahl Schafe voraus auf den Viehmarkt nach Marburg. Er selbst folgte nach. Als der Knabe mit seinen Schafen durch die Stadt zog, geschah es, daß in der engen Marktgasse ein solches Gedränge entstand, wie noch heutzutage zur Marktzeit, und der junge Schäfer eine gute Weile mit seinen Schafen halten mußte, um zu warten, bis der Menschenknäuel sich wieder aufgewickelt haben würde, um ihn und sein Vieh durchzulassen. Es traf sich aber, daß sein Vieh an einer der aufgebauten Salbenbuden stehen blieb, und die fremden, seltsamen und starken Wohlgerüche, welche aus derselben hervordufteten, kribbelten den Dilschhäuser wunderlich und immer wunderlicher in der Nase, die bis dahin nur den frischen Waldgeruch gewohnt gewesen war, der ohne Menschenmüh und Menschenkunst gerades Wegs aus Gottes Hand kommt. Es währte nicht lange, so stiegen ihm die Gerüche in den Kopf, er wurde betäubt, taumelte und stürzte endlich ohnmächtig zu Boden. Erschrocken und mitleidig sprang der Salbenhändler aus seiner Bude hervor, rieb den Ohnmächtigen mit starkem Kräuteressig, hielt ihm kräftige gebrannte Waßer unter die Nase und versuchte ein Mittel seines Ladens nach dem andern. Nichts half, der Knabe blieb ohnmächtig, und die Umstehenden riefen einmal über das andere: „Er ist todt! Er ist todt!" Da kam der alte Schäfer von Dilschhausen hinzu, und sah, was seinem Sohne begegnet war. „Weg mit euch", schrie er den Salbenhändler an, „und mit eurem verfluchten Gestank! Wollt ihr mir den Jungen denn mit Gewalt todt machen?" tauchte den Finger in sein Goßenhorn, welches er an der Seite hängen hatte, und strich dem Knaben eine gehörige Portion Goße unter die Nase. Das half. Augenblicklich kam der Ohnmächtige wieder zu sich, stand auf und ging mit seinem Vater von dannen. Der Salbenhändler aber, der seine schönen Waßer umsonst verschwendet hatte, schimpfte auf den groben Klotz, dem nur Vieharznei hätte helfen können, und rief dem Schäfer nach: „Was soll der Kuh Muskate?" Also schimpfte der Schäfer auf den Salbenhändler und der Salbenhändler auf den Schäfer. Wer aber hatte Recht? – Wohl dem, der von der Kunst wol krank, aber von der Natur gesund gemacht werden kann.

Das Bäumchen schütteln

Im Jahr 1658 wurde in Marburg eine Hexe vor Gericht gezogen, die hatte in ihrem Keller ein Bäumchen stehen, wenn sie da schüttelte, fielen so oft sie diesz auch thun mochte, Weispfennige herab.

Die Wichtelmännchen.

Durch ganz Hessen ist die Sage von den Wichtelmännchen verbreitet. Es sind dies kleine graue Männchen, gekleidet wie Bergknappen, mit dreieckigen Hüten. So ist bei Riechelsdorf eine Wichtelkammer, unweit Frankenberg bei Ernsthausen an dem Gipfel eines Berges eine kleine Höhle, das Wichtelhaus; am Dohenberg bei Ultershausen an der Schwalm ein Wichtelloch, bei Abterode am Meißner zeigt man eine Wichtelwohnung, eine andere bei Hofgeismar. Bei Frankenberg fand man nach jeder Nacht die Früchte niedergetreten, das rührte auch von ihnen her. Unweit Marburg bei Brungershausen an der Lahn erhebt sich ein hoher Felsenberg, dessen Gipfel in Spalten zerrissen ist; in diesem haben Wichtelmännchen gewohnt, dies waren aber kleine gutmüthige Geschöpfe, die nur denen schadeten, von welchen sie gereizt wurden. Jetzt sind sie alle gestorben und ihre Häuser zerfallen. In der Nähe von Ziegenhain, zwischen Obergrenzebach und Schönborn, oberhalb der Ruchmühlen, befindet sich eine etwa eine halbe Stunde lange Höhle, das Wichtelloch genannt. Als einst am Eingange der Höhle Heu gemacht wurde, hatte eine Frau ihr Kind in einen Korb gesetzt, als sie nun dasselbe wiederholen wollte, war es verschwunden und an seiner Stelle lag das Kind eines Wichtelmännchens. Obgleich sie dieses als Kind aufnahm, behielt sie es doch nicht lange, denn es verlor sich wieder. Oft kamen die Wichtelmännchen bis hinein nach Ziegenhain und holten sich aus den Bäckerläden ihre Nahrung. Auch stahlen sie den in dem Felde arbeitenden Leuten ihre Speisen.

Die Wichtelhäuser.

Am Wollenberge, zwischen Wetter und Caldern, werden wilde Steinklippen, die Wichtelhäuser genannt, gesehen. Vor Zeiten sollen Wichtelmännchen darin gewohnt haben, die oft in die Dörfer kamen und bei den Leuten Eimer und andere Geräthschaften borgten. Es waren kleine gutmüthige Geschöpfe, die nur dann schadeten, wenn sie gereizt wurden; jetzt sind sie alle gestorben und ihre Häuser verfallen.

Die Wichtelmännchen.

Frisch und lebendig hat sich in Hessen der Glaube an die Wichtelmännchen erhalten. Im Allgemeinen stellt das Volk sich dieselben als kleine, daumengroße Wesen mit dicken Köpfen vor, die sich unsichtbar machen können, gern den Menschen kleine Neckereien zufügen, aber auch gern ihnen helfen und Gutes thun. Die Kinder haben noch ein Spielzeug, das sie Wichtelmännchen nennen; es ist das Mark der Hollunder, in dreiviertel Zoll lange Stücke zerschnitten; in jedes Stück wird der Länge nach ein dickköpfiger Nagel gesteckt: die Schwere des Nagelknopfes macht, daß das Ding, wie man es auch stellen oder legen mag, sich immer von selbst auf den Kopf stellt.

Den neugebornen Kindern sind die Wichtelmännchen besonders gefährlich. Vor dem neunten Tage darf in der Wochenstube das Licht nicht ausgehen, sonst können sie den Säugling noch vertauschen, einen Wechselbalg an seine Stelle legen.

Das Eiersingen.

Der Pfarrer zu Kaldern schreibt 1678 an die Regierung zu Marburg, daß, als er vor 37 Jahren seine Stelle angetreten, er erfahren habe, »wie die junge Bursch in der Pfingstnacht auf die Dörffer herumb liffen, umb die Eier zu singen, da dan nicht allein viell gottloses Wesen von ihnen auf dem Wege getrieben würde, sondern auch, wann eine partey von einem andern Dorff der ander begegnete, sie sich oftmals mit einander umb die Eyer schlügen vndt einer dem andern abnehmen vndt zerbrechen. Zu dem auch, wan die Mägdte ihnen des Nachts die Eyer langen müsten, viell vnzüchtiger Händell vorgingen, sonsten vieler bösen Dingen, so ein jeder leicht erdenken vndt hieraus zu erfolgen pflegen – zu geschweigen.« Er habe sie deshalb sowohl durch den Schultheißen, als durch die Kirche strafen lassen, und er wisse nicht, daß es seit 20 Jahren wieder geschehen sei; doch vergangene Pfingsten hätten 16 junge Bursche »dies teuffelswerck wider ihr besser Wissen vndt Gewissen wieder anzufangen sich gelüsten lassen.«

Ob dieser Gebrauch sich etwa noch bis jetzt erhalten hat, vermag ich nicht zu sagen.

Der Teufel trägt ein Dorf weg.

Zwischen Goßfelden und Wetter lag vormals ein jetzt ausgestorbenes Dorf Elbringhausen; die Bauern lebten darin so üppig, daß der Teufel Gewalt über sie bekam und sie aus ihrer guten Erde auf einen sandigen Boden, den die austretende Lahn jährlich überschwemmt, zu versetzen beschloß. Er nahm also eines Tages das ganze Dorf in seine Kötze und trug es durch die Lüfte, dahin, wo jetzt Sarnau steht, und fing an, die einzelnen Häuser der Reihe nach aufzustellen. Unversehens stürzte ihm die Kötze um und der ganze Plunder fiel bunt durcheinander zur Erde. Daher kommt's, daß zu Sarnau die sechs ersten Häuser in gerader Gasse stehn, alle übrigen bunt durcheinander.

Der Teufel.

Wie überall in der christlichen Welt ist auch in Hessen der Teufel wohlbekannt, aber es ist meist ein dummer, ungeschlachter Teufel, der sich nicht selten von den Menschen überlisten ließ und dem oft unvorhergesehene Zufälligkeiten seine Pläne vereitelten. Das gab denn dem Volke Stoff zu den wunderlichsten Erzählungen und machte, daß des Teufels Name an mancherlei Oertlichkeiten hängen blieb, von denen die Leute indessen wenig mehr noch zu erzählen wissen, als daß es da nicht recht geheuer sei.

Teufelsäcker liegen bei Felsberg;
Teufelsland bei Wenigenhasungen;

Teufelswiesen bei Breuna, Rhöda, Wilhelmshausen, Wolfshausen, Geislitz und bei Sooden;

Teufelsstück bei Rhöda;

Teufelsbruch, Teufelshohlsbruch und Teufelsumkehr bei Volkmarsen;

Teufelshohl bei Großseelheim;

Diebelrain und Diebelsatteln bei Breitenbach in Oberhessen;

Teufelsberge bei Sandershausen, Rotenburg, bei Lohra in Oberhessen und bei Klesberg am Vogelsberg;

Diebelsburg bei Dinkelrode;
Teufelsföhr bei Udenhausen im Reinhardswalde;
Teufelsholz bei Dorf Geismar;
Teufelsloh bei Niederelsungen;
Deukersloh bei Rodenhausen;
Teufelsstrauch bei Unterhausen in Oberhessen;
Teufelskaute bei Iba und bei Amönau;
Teufelskammer bei Wolfhagen;
Teufelsküche bei Sielen;
Teufelslöcher auf'm Weißner und bei Wüstefeld;
Teufelskopf bei Rüdigheim und bei Ebsdorf;
Teufelswand bei der Milseburg im Rhöngebirge;
Teufelsmühle bei Kerbersdorf im Huttenschen Grunde;
Teufelskeller bei Frankenberg und bei Niederklein;
Teufelspfad bei Ulfen;
Teufelsthal bei Völkershausen an der Werra;
Teufelsgrund bei Ober- und Untersotzbach;

Teufelsgraben bei Rauschenberg, Betziesdorf, Röddenau, Mardorf und Bottendorf in Oberhessen, bei Grebenstein und bei Weiterode;

Taubelsgraben bei Eschwege;

Teufelsborn bei Schwarzenborn und bei Burghasungen;

Diebelsbrunnen bei Jestädt;

Teufelsbach im Oberellenbacher Forste;

Teufelskanzel am Bilstein bei Friedigerode und bei Allendorf an der Werra.

Von der Teufelskanzel bei Allendorf, einem hoch über der Werra gelegenen Felsenaltane, erzählt man noch, daß der Teufel einmal darauf gestanden und vor dem versammelten Volke gepredigt habe, bis er durch den Priester, welcher ihm das geweihte Kreuz vorgehalten, verscheucht worden sei.

Riesen als Nachbarn.

Ueberall auf den Höhen um Marburg bis herunter nach Wetter hausten Riesen: auf der Hunsburg bei Oberrosphe, auf dem Heppersberge, auf dem nicht mehr bekannten Schlosse Rothenstein (vielleicht auf dem Rothenberge) bei Marburg, auch auf dem Schlosse Weißenstein bei Wehrda. Auf diesem und dem Rimberge bei Caldern wohnten zwei Riesen, die besonders gute Nachbarschaft unterhielten; sie hatten gemeinschaftlich einen Backofen, welcher mitten im Felde lag. Wenn sie nun Teig kneteten, warfen sie einander Steine zu; auf dies Zeichen sollte Holz zum Ofenheizen von des Nachbars Burg gebracht werden. Einmal geschah's, daß Beide zu gleicher Zeit warfen und die Steine in der Luft zusammenfuhren; die liegen noch heutiges Tages mitten im Felde, oberhalb Michelbach; jedem ist eine große Riesenhand eingedrückt. Ein anderes Zeichen gab der Riese dadurch, daß er sich am Leibe kratzte; es war so laut, daß man es jenseits deutlich hörte.

Essel, der Riese vom Weißenstein.

Der Riese auf dem Weißenstein hieß Essel, und die Wiese an der Stelle, wo er beim Untergange der Burg, die auf dem Berge stand, die goldne Thür derselben in die Lahn versenkte, heißt noch jetzt der Esselswerd und das daranstoßende Feld das Esselsfeld. Die Bauern von Wehrda tödteten ihn, als sie einmal auf der Wiese einen Tanz hielten.

Der Riese auf dem Rimberg

Auf dem Rimberg bei Caldern hauste früher ein Riese. Seine Nachbarn und zugleich Brüder waren der Riese auf dem Weißenstein bei Wehrda und der auf dem Rotenstein, auf dem später das Marburger Schloss erbaut wurde. Der Rimberger und der Weißensteiner Riese besaßen einen gemeinschaftlichen Backofen, der mitten im Feld lag. Wenn sie backen wollten, warfen sie einander Felsblöcke zu. Das war das Zeichen, daß Holz zum Heizen des Ofens von des Nachbarn Burg gebracht werden sollte.

Einst warfen sie zu gleicher Zeit. Da trafen die Steine in der Luft zusammen und fielen mitten im Feld oberhalb Michelbach zur Erde nieder. Da liegen sie noch heute. Jedem Stein aber ist eine Riesenhand eingedrückt. Ein anderes Zeichen gaben sich die beiden benachbarten Riesenbrüder damit, daß sie sich am Leib kratzten. Dies war so laut, daß sie es deutlich auf ihrer Burg hören konnten.

Die Riesen und die Zwerge

Es ging die Riesentochter zu haben einen Spaß,
herab vom hohen Schlosse, wo Vater Riese saß.
Da fand sie in dem Thale die Ochsen und den Pflug,
dahinter auch den Bauern, der schien ihr klein genug
Pflug, Ochsen und den Bauern, es war ihr nicht zu groß,
sie fasst's in ihre Schürze, und trug's aufs Riesenschloss.
Da fragte Vater Riese: ‚Was hast du, Kind, gemacht?'
Sie sprach: ‚Ein schönes Spielzeug hab' ich mir hergebracht. '
Der Vater sah's und sagte: ‚Das ist nicht gut, ein Kind!
Thu es zusammen wieder an seinen Ort geschwind.
Wenn nicht das Volk der Zwerge schafft mit dem Pflug im Thal,
so darben auf dem Berge die Riesen bei dem Mahl. '

Der Riesin Spielzeug.

Auf dem Heppersberge zwischen Sarnau und Wehrda in Oberhessen wohnte ein Riese mit seiner Tochter. Diese kam einst von der Burg herunter und sah im Felde die Bauern mit Pflug und Egge arbeiten. Sie fand an den winzig kleinen Geschöpfen ein so großes Wohlgefallen, daß sie einige in ihre Schürze zusammenlas, mit nach Hause nahm und vergnügt ihrem Vater als gefundenes Spielzeug wies.

Der alte Riese aber ward sehr zornig darüber, schalt der Tochter Unbesonnenheit, nahm ihr das vermeintliche Spielzeug weg und ließ die Bauern wieder ruhig an ihren Acker ziehen.

Die Riesen vom Rimberg und Burgwald.

Auf dem Rimberge bei Caldern und auf dem Burgwalde wohnten zwei Riesen, die oft Felsblöcke zur Kurzweil von ihren Burgen sich einander zuwarfen. Zwei solcher Steine liegen noch im Felde bei Caldern; an jedem findet sich eine große Riesenhand abgedrückt.

Die Sage vom Weißen Stein in Versen

Der Weißenstein bei Wehrda, die Kuppe steil und spitz,
war einst, in grauen Zeiten, der ärgsten Zwingherrn Sitz;
Die Burg ist längst zerfallen, kein Stein ist mehr zu sehn,
wie's kam, laß Dir erzählen, wenn auf dem Berg wir stehn.
Schau hier die grünen Wiesen, durchschlängelt von der Lahn,
sieh weiden dort die Heerde, das Dorf, den Thurm sieh an,
Wehrda, das Bild des Friedens, warst's nicht in alter Zeit,
da schuf der böse Ritter dir Drangsal, Schreck und Leid.
Rings um die Burg im Walde ging manches schöne Wild,
Darin die Lust zu jagen der Ritter hat gestillt;
Doch wehe, wenn ein Bauer im Wald sich finden ließ;
Der Ritter gab ihm Prügel und sperrt' ihn ins Verließ.
Sein Thun schrie laut nach Rache, geschmiedet ward der Plan,
und Mädchenkleider thaten die kräftgen Bursche an,
dann auf der grünen Wiese, in heiterm Sonnenglanz,
hielt aus dem Dorf die Jugend ein Fest mit Spiel und Tanz.
Der Ritter auf dem Berge, er sah dem Tanze zu,
bis Lust, auch mitzutanzen, ihn nicht mehr ließ in Ruh;
Der Vogel ließ sich locken aus seinem festen Nest,
die böse Zeit sollt' enden mit diesem frohen Fest.
Ein Schwert hieng im Gewände jedwedem Bursch versteckt,
geschliffen war's zum Morde des, der den Haß erweckt;
Er kam, hat rasch ergriffen zum Tanz die schönste Maid,
da wards auf einmal stille, auf Liebe folgt das Leid.
Sein Schwert ein jeder zuckte hervor aus dem Gewand,
der Ritter lag im Blute, vom Schwärme übermannt.
Nun stürzen sie zur Feste, des Ritters Leute flohn,
und rufen: "Nie ein Zwingherr auf diesem Berg mehr wohn!"

Ein Kleinod war im Schloße, ein Kleinod seltner Art,
von jeglichem Geschlechte als Heiligtum bewahrt,
der Pforte Oberschwelle war von gediegnem Gold,
das eine Fee einst schenkte dem tapfern Ahnherrn hold.
Ergrimmt die Bauern wälzten die Steine in das Thal,
doch war nicht mehr zu finden das goldene Portal,
das Edelfräulein hatte den Schatz getragen fort,
und in die Lahn versenket der alten Väter Hort.
Im Waßer, tief im Grund, halt fest nun diesen Schatz,
des Lahnstroms schöne Nixe, stets an dem gleichen Platz;
Nur alle hundert Jahre gibt sie ihn einmal los,
dann steigt er durch die Fluten aus ihrem dunkeln Schoß.
Einmal, so hörst du sagen, ein Fischer that den Fang,
als eben aus dem Schöße das Gold zur Höhe drang,
doch stieß er, voller Freude, aus seinem Mund ein Wort,
da wieder in die Tiefe sank rasch der goldne Hort.

Georg Thomas Dithmar (1810-1901)

Der Schwerttanz zu Weißenstein

Unfern Marburg auf dem Wege nach Wetter liegt ein Dorf Wehre und
dabei ein spitzer Berg, auf dem vor alten Zeiten eine Raubburg
gestanden haben soll, genannt der Weißenstein, und Trümmer davon
sind noch übrig. Aus diesem Schloss wurde den Umliegenden großer
Schaden zugefügt, allein man konnte den Räubern nicht beikommen,
wegen der Feste der Mauer und Höhe des Bergs. Endlich verfielen die
Bauern aus Wehre auf eine List. Sie versahen sich heimlich mit
allerhand Wehr und Waffen, gingen zum Schloss hinauf und gaben
den Edelleuten vor, daß sie ihnen einen Schwerttanz *) bringen
wollten. Unter diesem Schein wurden sie eingelassen; da entblößten
sie ihre Waffen und hieben das Raubvolk tapfer nieder, bis sich die
Edelleute auf Gnaden ergaben und von den Bauern samt der Burg
ihrem Landesfürsten überliefert wurden.

Der Schwerttanz zu Weißenstein.

Eine halbe Stunde nördlich von dem Dorfe Wehrda liegt in einer
Krümmung der Lahn ein weißer Sandsteinfelsen, der Weißenstein
genannt. Auf dem Gipfel desselben stand vormals eine Burg, die nach
den Erzählungen des Volkes bald von Riesen, bald von Räubern –
welche die tiefen Höhlen des Felsens als Schlupfwinkel benutzten –
bewohnt gewesen und deshalb von der Herzogin Sophie von Brabant

zerstört worden sein soll. Einer anderen Sage zufolge dagegen hätten die Bauern von Wehrda die Burg zerstört.

Vor Zeiten hauste auf dem Weißenstein ein Ritter, welcher die ganze Gegend in Furcht und Schrecken setzte. Er trieb nicht nur Straßenraub, sondern drängte und quälte auch seine Bauern bis aufs Blut und hob eines Tages sogar eine junge Bauerndirne in Wehrda auf, die er nach seiner Burg schleppte. Da traten die Bauern von Wehrda zusammen und schwuren Rache zu nehmen an dem übermüthigen Räuber. Sie wußten, daß der Ritter ein großer Freund vom Schwerttanz war; einen solchen wollten sie aufführen, den Feind in ihre Mitte locken und sich dann seiner bemächtigen. Diesen Plan zu verwirklichen, rückten sie auf die Wiesen an der Lahn am Fuße des Schloßberges und luden den Ritter ein, herabzukommen und den Tanz mit anzusehen. Dieser ahnte den Verrath nicht und stellte sich auf der Wiese ein; aber der Tanz hatte nicht so bald begonnen, als die Bauern über ihn her fielen, ihn zu Boden warfen und erschlugen. Darauf erstürmten sie die Burg und brachen sie nieder. – Die Edelfrau warf alle ihre Kostbarkeiten in die Lahn, worunter auch ein goldnes Rad, welches seitdem alle sieben Jahre vom Grunde sich erhebt und sichtbar wird.

Der Schwerttanz zu Weißenstein.

Schon zur Zeit des römischen Geschichtschreibers Tacitus wird von den alten Katten, den Ureinwohnern des Hessenlandes erzählt, daß sie aus Kurzweil Schwerttänze aufführten, also daß die jungen Gesellen in weißen Hemden zwischen spitzigen Schwertern und Spießen unverletzt sich zu überschlagen und Purzelbäume zu machen sich befleißigten. Diese Schwerttänze sind nun aber namentlich bei Hochzeiten fernerhin noch geübt worden. Es waren solcher Schwerttänzer etwa 16 bis 20 an der Zahl, deren Hüte mit allerhand farbigem Band und weißem Tuch verziert waren, sie selbst sind mit einem weißen Hemde bedeckt, mit einem Feldzeichen umgürtet gewesen. Ihre Arme waren mit lang herabhängendem Bande umwunden, an den Kniescheiben hatten sie Schellen gebunden und der Führer dieser Schwerttänzer redete nach alter hergebrachter Sitte die Zuschauer also reimenweis an:»Ehrenveste, Vorachtbare, Fürsichtige, Wohlweise Herrn Schultheißen, Bürgermeister und Rath, ich und meine Gesellen wünschen den Herrn einen guten Tag.

Hier sind wir herkommen auf diesen Platz und Plan,
Einen ehrlichen Schwert-Tanz wollen wir fangen an,
Nicht aus freiem Muth,
Sondern erlaubt von der Obrigkeit gut.
Also sollen meine Gesellen ihre Schellen lassen klingen
Wie die Engel im Himmel singen.
Mancher spricht solchen Tanz habe ich nie gesehen,
Ich sage aber, was Plinius schreibt, daß es vor 100
Jahren ist auch geschehen.
Einer der da singt
Einer der da springt
Und der dritte, der auf die Trommel klingt.
Trommelschläger schlag auf die Trommen
Daß wir zu dem Tanzen kommen! «

Hierauf fangen sie an zu tanzen, darunter die Schellen, nach ihrem
Tritt, den Klang von sich geben, bald verwirren sie sich mit den in der
Hand getragenen Degen fast kunstverwunderlich und kommen in
geschwinder Eile hernieder zu ihrem ordentlichen Tanze. Nach
vollendetem Tanz legt der Führer abermals seine Rede durch die
vermeinten wohlklingenden Reime gegen die Zuschauer in folgender
Weise ab:

Dieser Tanz ist nun aus
Den wir den Herrn haben bracht zu Haus,
Die Herrn werden sich auch bedenken
Und werden uns ein Trinkgeld schenken,
Ein Kopfstück oder vier
So komm ich mit meinen Gesellen zum Bier.
Ein Kopfstück oder neun
So komm ich mit meinen Gesellen zum kühlen Wein,
Nicht daß wir Euch setzen Maaß oder Ziel,
Ihr möget uns verehren mehr oder viel,
Da ich war wie ein Krug,
Da mich mein Vater zum Haus hinausschlug,
Er gab mir einen weißen Stecken in meine rechte Hand
Und weist mich in das drey- und dreyßigste Land.
Ich zog das drey- und dreyßigste Land auf und nieder,
Ich bettelte mein Brod und verkaufte es wieder,
Da meint mein Vater, ich wär verdorben,
Da war ich zu einem Kaufmann worden,
Ich hab verthan mein Gut
Bis auf einen alten Filzhut,
Der liegt zu Speier auf dem Keller
Und ist versetzt für drei Heller.

Guter Gesell wiltu ihn haben,
Ihn will ich Dir schenken,
Darbei soltu meiner gedenken,
Ihr Weiber auf der Reyh
Zieht hin, holt uns ein Steig Eier oder drey
Oder schneid' ein Stück aus der Seiten
Und schabt darmit den Spahn
Und sagt dem Hausvater, die Katz hab es gethan,
So wird die Katz belogen
Und der Hausvater betrogen,
Damit daß wir den Schwerttanz vollbringen,
Es möchte uns sonsten mißlingen.
Darnach sollen meine Gesellen ihre Schellen lassen klingen
Wie die Engel im Himmel singen
Und lassen mich frisch und fröhlich zu der Erde springen.
Hab ich aber mein Wort nicht recht gesprochen,
So gebt uns das Fleisch und den Hunden die Knochen.
Nach diesem bringen ihnen die Zuschauer freiwillig Geld, Speck, Eier
und Bratwürste, welches alles sie nachher in gewöhnlicher Lust mit
einander verzehren. Der letzte Schwerttanz ist zu Hessen im Anfange
des Jahres 1651 aufgeführt worden, und es hat diesen das Landvolk
bei der Heimführung der hochfürstl. Gemahlin aus Holstein-Gottorf
dem Herrn Landgraf Ludwig VI. kurz vor Lollar im Felde eine halbe
Meile von Gießen mit aller zierlichen Geschwindigkeit vorgestellt,
allein das einfallende Schneewetter verkürzte den hochansehnlichen
Zuschauern die Lust.

Nun hat, nach der Sage, auf dem spitzen Berge bei dem Dorfe Wehre
unfern Marburg ein festes Raubschloß, der Weißenstein, dessen
Trümmer noch zu sehen sind, gestanden, von wo aus der umliegenden
Gegend vor Alters großer Schaden zugefügt worden ist. Weil man nun
demselben wegen der Festigkeit und Höhe nicht beikommen können,
haben die Einwohner zu Wehre den darauf wohnenden Edelleuten
einen Schwerttanz gebracht, sich zuvor mit allerhand Wehr und
Waffen heimlich versehen gehabt, und wie sie nun unter diesem
Vorwand in das Schloss gelassen wurden, haben sie durch tapfern
Kampf die Besatzung niedergemacht und die Edelleute mit dem
Schlosse in ihres Landesfürsten Hand geliefert.

Ruine Hollende im Lützlergebirge

Eine Stunde nordwestlich von Warzenbach befinden sich am Nordabhang der Koppe die Ruinen der Burg Hollende. Auf dieser Burg wohnte im 11. und 12.Jahrhundert das mächtige althessische Grafengeschlecht der Gisonen. Graf Giso IV. erbte 1121 durch seine Gemahlin von Werner von Grüningen die Grafschaft Gudensberg, und seine Tochter Hedwig vererbte 1123 seinen ganzen Besitz an den Grafen Ludwig von der Wartburg. Dadurch kam Hessen an Thüringen, mit dem es bis 1247 verbunden war. Im engen Wiesengrund, der sich am Fuß des Burgberges von Hollende hinzieht, befand sich einst ein tiefer Brunnen. Der letzte Ritter der Hollende lebte mit seinen ritterlichen Nachbarn in steter Fehde. Er war ein steinreicher, habgieriger Kauz. Lüstern nach seinen Schätzen, bestürmten die Feinde seine Burg, drangen durch das zerbrochene Tor und dachten den alten Fuchs in der Falle zu haben. Er war aber durch ein geheimes Pförtchen rechtzeitig entschlüpft und mit seinen Schätzen den Berg hinabgelaufen. Unten schwang er sich auf ein Pferd, das auf der Wiese weidete, und dachte sich auf ihm mit seinem Schatz zu retten. Doch die Feinde hatten ihn bemerkt, jagten hinter ihm her und hatten ihn bald eingeholt. Zähneknirschend stand er ein Weilchen unschlüssig. Aber er will sein Geld nicht lassen, und mit verzweiflungsvollem Aufschrei stürzt er sich samt den Schätzen in den unergründlich tiefen Brunnen hinein. Darin ist er noch jetzt und hütet seinen Schatz. Sonntagskinder haben ihn unten gesehen. Schwer gepanzert von Kopf bis zu Fuß, schaut er mit glühenden Augen unverwandt auf sein gleißendes Gold. Bauern haben wiederholt versucht, den Schatz zu heben. Es leuchtete und flimmerte ihnen ganz nahe an der Oberfläche des Wassers entgegen. Sobald sie aber gierig die Hand danach ausstreckten, sank die ganze Herrlichkeit in die Tiefe zurück. Ein schwacher Born ist noch heute an jener Stelle, er heißt der Geldborn.

In geweihten Nächten wandelt ein Ritterfräulein durch die Wiesen des Auetälchens bei der Hollende und streut Schlüssel und Weizenkörner aus. Zwei Mäher fanden solche einst in früher Morgenstunde, und sie sahen auch das Fräulein, das rasch im Waldesdunkel verschwand. Der eine Mäher, ein leichter, lustiger Gesell, warf spottend die rostigen Schlüssel und dürren Weizenkörner in den Bach; der andere aber, eine ernste, sinnige Natur, trug die seinigen heim und legte sie in seine Truhe. Als er diese am andern Morgen öffnete, blinkte es ihm wie eitel Gold entgegen, und als er näher zusah, fand er wirklich goldene

Schlüssel und goldene Weizenkörner. Er wurde der reichste Mann im Land. Später haben noch viele Leute, die auch gern reich sein wollten, dort nach Schätzen gesucht; doch ist ihnen nie das Edelfräulein erschienen.

Die Riesen von der Hunsburg.

Von der Hunsburg, einem Berge bei Oberrosphe im Burgwald, erzählt man in der Gegend, daß die Riesen, die droben wohnten, oft in die Thäler herabkamen und den Landleuten Pflugscharen und Sensen zerbrachen.

Battenfeld

An der Südseite der Kirche zu Battenfeld befinden sich zwei in Stein gehauene Wappen, nämlich das von Biedenfeldische und daneben ein sechsseitiger Stern mit zwei halben Monden. Die Leute erzählen darüber folgendes: Vor alten Zeiten reiste ein Herr von Biedenfeld in das gelobte Land und wurde daselbst gefangen. Es sah ihn aber eine vornehme Türkin, welche sich in ihn verliebte, ihn befreite und mit ihm heimkehrte, wo er sie alsdann heirathete.

Sie liesz nach ihrer Taufe die Kirche zu Battenfeld bauen und nahm zum Andenken an ihre Herkunft den doppelten halben Mond mit dem Stern in ihr Wappen auf.

Der Ablaß in Hessen

Die Greuel des Ablaßhandels sind aus der Reformations-geschichte bekannt genug, und jedermann kennt den Johann Tetzel, durch dessen Unverschämtheit Dr. Luther bewogen wurde, diesen Handel anzugreifen, und weiß, daß aus diesem kleinen Anfang dann durch Gottes Fügung das Werk der Reformation hervorwuchs. Der Papst und die Bischöfe sagten damals und sagen es auch noch, es sei mit dem Ablaß gar nicht so arg gemeint gewesen, wie es die Ablaßkrämer gemacht hätten es sei ja gar keine Vergebung der Sünden, sondern nur, wie das Wort laute, Ablaß oder Erlaßung der Kirchenbuße verkauft worden, und das mag allerdings wahr sein und ist wahr; und es dürfen die Protestanten der katholischen Kirche so wenig wie irgend jemand in der Welt etwas aufbürden, was keinen Grund hat; am wenigsten haben diejenigen Protestanten unserer Tage das recht, nur ein Wort gegen den Ablaß zu sagen, welche überall von der

Vergebung der Sünden nichts mehr wissen wollen, und sich damit brüsten, daß ihre Tugenden, wie sie es nennen, bei Gott alles Böse, was sie ja etwa gethan hätten, zu rechter Zeit wieder gut und übergut machen würden und müßten. Aber wenn die Kirchenbußen zur Vergebung der Sünden notwendig sind, also daß der barmherzige Gott die letztere nicht schenkt ohne daß die ersteren geleistet oder bezahlt sind, so ist die Vergebung der Sünden um Geld doch auch nicht weit entfernt und das arme unwißende Volk konnte es damals nicht anders begreifen, als es werde die Sündenvergebung und Straflosigkeit vor göttlichem und weltlichem Gericht ums Geld verkauft, und was noch schlimmer war, es fand sich niemand, welcher das Volk eines Beßeren hätte belehren wollen.

Aus Hessen sind nicht eben viele Stückchen vom Ablaßhandel und von dem heillosen Unfuge bekannt, den dieser Kram und die wenn schonirrige, doch unwiderlegte und selbst von armen Dorfpriestern getheilte Meinung des Volkes vom Ablaß anrichtete, eins aber ist, wenn auch nicht allen Lesern des Historienbüchleins, bekannt und wol wert, daß es noch einmal erzählt werde.

Um das Jahr 1524 lebte in Hatzfeld ein Schneider, welcher, gegen die gewöhnliche Schneidernatur, ein wilder, bißiger, boshafter Mensch war. Sein Beichtvater hatte ihm, weil er nicht gehörig beichten und die kirchlichen Pönitenzenleisten wollte, die Absolution verweigert, da suchte der böse Mensch dieselbe dem Beichtvater abzutrotzen, und überlief ihn einmal über das andere mit trotzigen und zornigen Worten. Der Geistliche ließ sich nicht nur nicht irre machen, sondern hielt ihm seine Sünden und Laster desto derber und nachdrücklicher vor. Da stieg der Grimm in dem Schneider auf und wurde zur blutigen That; er schlug den Pfarrer todt. Natürlich wurde er alsofort in den Bann gethan und auch von der weltlichen Gerechtigkeit verfolgt, so daß er land-flüchtig werden mußte, wenn er nicht unter Henkershänden eines schrecklichen Todes sterben wollte. Er wußte sich aber zu helfen: er zog gen Rom, log daselbst, er habe zwei Menschen erschlagen, begehrte Ablaß, und erhielt den-selben, da er reichlich Geld zahlte, für die zwei angeblichen Mordtaten ohne Mühe. Wer konnte auch in Rom wissen oder sich darum bekümmern, wie die Sache eigentlich stand. Nun ließ er sich sicheres Geleit geben, und kam, bewaffnet mit seinen zwei Ablaßbriefen, gutes Muts in die Heimat zurück. Niemand wagte ihn anzugreifen. Damit war es aber nicht genug: der Bösewicht prahlte, er habe noch einen Ablaßbrief zu Gute, und so dürfe er und werde er auch noch Einen todtschlagen, und zwar zunächst wieder einen Pfaffen, so wie ihn einer nur verkehrt ansähe oder ihm ein ungerades Wort sage. Und so mußten alle Nachbarn nicht allein, sondern zumal alle Schutzlosen und hilflosen Dorfpriester um Biedenkap und Battenberg in beständiger Angst vor diesem Wüterich sein, und noch dazu durch Geld und gute Worte sich seine Gunst erkaufen. Der Schneider von Hatzfeld wurde der Schrecken der ganzen Gegend. Die Angst dauerte mehrere Jahre, bis es in Hessen zur Reformation kam, die denn auch, man kann denken wie eifrig, von Geistlichen und Laien dortiger Gegend angenommen wurde. Jetzt galten die Ablaßbriefe nichts mehr, und der Bösewicht war seines Lebens nicht mehr sicher, da machte er sich zum zweitenmale aus dem Staube, und man hat nachher nichts wieder von ihm gehört. - So sah es damals aus.

Des Bonifatius Fußtritt.

Der merkwürdigste Punkt des Burgwaldes ist gewiß der hohe und ehrwürdige Christenberg, von welchem uns die Alten mancherlei Ueberlieferungen und Sagen aufbehalten haben. Ein heidnischer, dem Castor geweihter Tempel soll oben gestanden haben, welcher von Karl Martell zerstört und mit Winfrids Hülfe in eine christliche Kirche umgewandelt worden sein soll. Jetzt steht ein kleines Kirchlein droben, zu dem, der Sage nach, vor vielen Jahren starke Wallfahrten geschahen. Zweihundert Schritte davon weisen die Leute noch einen Fußtritt im Steine, der von Bonifatius herrühren soll, als er einmal in heiligem Eifer den Boden stampfte.

Der Christenberg in Oberhessen

Mitten auf einem waldigen Berggipfel in dem sogenannten Burgwalde steht die älteste Kirche in Hessen, nämlich die uralte Kirche auf dem sogenannten Christenberge im Amte Wetter, zwischen den Dörfern Ernsthausen und Mellnau und dem vier Stunden von Marburg gelegenen Dorfe Münchhausen gegenüber. Hier sollen nämlich die heidnischen Hessen dem Götzen Kastor einen Tempel erbaut und diesen Gott darin verehrt haben, wovon der Berg der Kastorberg hieß, als aber Bonifacius hier das Christenthum eingeführt, bekam dieser Berg von ihm den Namen Christenberg. Zweihundert Schritt von der Kirche befindet sich auch der erwähnte Fußtritt von ihm. Denn hier hat er einst gepredigt und die Bewohner jener Gegend zur Annahme des Christenthums veranlasst.

König Grünewald erobert den Christenberg.

Auf dem Christenberge, im Burgwald, stand vor Alters ein Schloss, darin wohnte ein König mit seiner einzigen Tochter, auf die er gar viel hielt und die wunderbare Gaben besaß. Nun kam einmal sein Feind, ein König, der hieß Grünewald, und belagerte ihn in seinem Schlosse. Die Belagerung dauerte lange und der König wäre fast verzweifelt, hätte die Jungfrau ihm nicht immer neuen Muth eingesprochen. Das dauerte bis zum Maitage; da sah einmal die Königstochter, früh Morgens wie der Tag anbrach, das feindliche Heer mit grünen Zweigen den Schloßberg heraufkommen und es wurde ihr angst und bange, denn nun wußte sie, daß Alles verloren war, und sprach zum Vater:

Vater, gebt Euch gefangen,
Der grüne Wald kommt gegangen!

Darauf schickte sie ihr Vater ins Lager des Königs Grünewald, bei dem sie ausmachte, daß sie selbst freien Abzug haben sollte und noch dazu mitnehmen dürfte, was sie auf einen Esel packen könnte. Da nahm sie ihren eignen Vater, packte ihn darauf nebst ihren besten Schätzen und zog vom Schlosse weg. Als sie nun eine gute Strecke in einem fort gegangen war, sprach sie:»Hier woll mer ruhn! « Daher hat das Dorf»Wollmer« den Namen, das dort liegt. Bald zogen sie weiter durch Wildnisse und Berge, bis sie endlich in eine Ebene kamen. Da sagte die Königstochter:»Hier hats Feld! « Und da blieben sie und bauten sich ein anderes Schloss, das sie»Hatzfeld« nannten. Davon sieht man denn noch heutiges Tages die Ueberreste, und das Städtchen dabei nannte sich auch, wie die Burg,»Hatzfeld«.

Noch wird ein dem Christenberge nahe liegendes Thal das »Hungerthal« genannt, von dem vielen Elend während der Belagerung des Schlosses.

Da, wo der Berg sich mit dem Hauptrücken des Burgwaldes verknüpft, ist er durch siebenfache Gräben und Wälle befestigt; südlich unter ihm aber liegt die Lüneburg und nordwestlich die Lützelburg, zwei Hügel, von denen der erstere noch deutliche Spuren ehemaliger Befestigung zeigt.

Die Totenhöhe

Bei Frankenberg liegt eine Hochebene, die Totenhöhe genannt. In grauer Vorzeit wurde hier eine Schlacht geschlagen und an dem jedesmaligen Jahrestag erheben sich in der Nacht die Gefallenen und wiederholen von neuem das blutige Spiel. Als einst in einer Winternacht Holzhauer über die Höhe gehen wollten, sahen sie die Geisterschlacht; ganze Scharen von Bewaffneten zu Roß und zu Fuß kämpften in wildern Streit, daß dumpf der Boden davon dröhnte. Da ergriff sie Schrecken und Angst und ihre Äxte wegwerfend, eilten sie zu ihrer heimischen Hütte zurück, Als sie des Morgens wiederkamen, ihre Äxte zu suchen, sahen sie nichts als ihre eigenen.

Die Geisterschlacht auf der Todtenhöhe.

Bei Frankenberg, wo, nach einem alten Chronisten (Gerstenberger), Karl der Große die Sachsen in einer blutigen Schlacht besiegt haben soll[1], liegt die Todtenhöhe, das alte Feld und die Freimark. Auf der Todtenhöhe erfochten am 20. November 1646 hessisch-schwedische Truppen einen Sieg über die Darmstädter. – Das Volk erzählt, daß auf der Todtenhöhe in grauer Vorzeit eine Schlacht geschlagen worden sei, und daß jedes Mal am Jahrestage der Schlacht die gefallenen Krieger wieder aufständen und den blutigen Kampf fortkämpften. Holzhauer, die einst in einer Winternacht über die Höhe gingen, sahen die Geisterschlacht. Ganze Scharen von Bewaffneten zu Roß und Fuß kämpften in wildem Streit, daß dumpf der Boden davon erdröhnte. Da ergriff sie Schrecken und Angst und, ihre Aexte wegwerfend, eilten sie, ihre heimische Hütte wieder zu gewinnen. Als sie am andern Morgen zurückgingen, fanden sie indessen nichts, als die Spuren ihrer eignen Tritte.

Der Schwedengeneral.

Auf der Todtenhöhe bei Frankenberg zeigt man noch einen Stein, unter welchem ein schwedischer General, der hier in einer Schlacht im dreißigjährigen Kriege sein Leben verlor, begraben liegen soll. Alle sieben Jahre steigt er aus seinem Grabe, schwingt sich auf sein hohes braunes Roß und umreitet den Berg. Er trägt ein kurzes Wamms, hohe Stiefeln, Fechthandschuh und einen großen Hut mit wallendem Federbusch und an der Linken ein langes Schlachtschwert. So wollen ihn die Leute in der Gegend dort oft gesehen haben.

Die Glocke läutet von selbst.

Zu der Zeit, da Philipp der Großmüthige die Reformation in Hessen einführte, vertauschten auch die Bürger von Frankenberg den alten Glauben mit dem neuen, helleren und freudigeren, den der Wittenberger Doktor, Martin Luther, gelehrt hatte. Das nahmen ihnen besonders ihre Nachbarn im kölnischen Sauerlande übel, denn diese waren katholisch geblieben und machten sich eines Tages auf, Frankenberg zu erobern und zu zerstören. Die Frankenberger lebten just damals mit aller Welt im tiefsten Frieden und ahnten das Schicksal nicht, welches ihnen bevorstand. Sie hatten zwar ihre Mauern und Thürme mit Wächtern besetzt, denn so war es vom Landgrafen allen Städten anbefohlen worden, aber auch den Wächtern fiel es im Traume nicht ein, daß ihnen die Gefahr so nahe sein könnte. So kamen die Feinde um 9 Uhr Abends unbemerkt vor der Stadt an und trafen ihre Vorkehrungen zu einem Ueberfalle. Da ertönte urplötzlich der Sturmglocke furchtbarer Hall und rief die sorglosen Bürger zur Wehr. Niemand war der Glocke nahe gekommen, sie hatte sich ganz von selbst in Schwung gebracht. Die Feinde, als sie das Gestürme hörten, glaubten sich verrathen und machten sich eilig auf den Rückzug.

Trotz ihrer Wächter wäre die Stadt verloren gewesen, hätte nicht im Augenblick der höchsten Gefahr die todte Glocke ihren metallenen Mund aufgethan. Noch heutigen Tages wird mit derselben, zur Erinnerung daran, jeden Abend um 9 Uhr geläutet.

Der Leichenzug.

In einem Dorfe bei Frankenberg, das vor langen Jahren im Kriege zerstört und nicht wieder aufgebaut worden ist, war einmal große Noth; der Feind war in der Nähe und die Bauern fürchteten all' ihre Habe zu verlieren. Nun stand eben zu der Zeit ein Todter über Erde. Da verfielen sie auf den Gedanken, Alles, was sie an Geld und werthvollen Sachen besäßen, in den Sarg zu thun und denselben in Procession nach dem Kirchhof zu tragen. Gedacht, gethan! Der Pfarrer stellte sich an die Spitze und die Bauern folgten dem Sarge, als ob sie einen verstorbenen Nachbarn zu Grabe trügen. Der Feind ließ den Zug ungehindert vorüber; als er auf dem Kirchhofe anlangte, sprach der Pfarrer das Gebet und die Träger versenkten den Sarg in das Grab, das für den Todten bestimmt war. Das Dorf wurde zerstört, doch die Bauern hatten ihren Schatz gerettet.

Für diese Entweihung des Grabes läßt die Sage aber die Bauern schwer büßen, denn der Leichenzug, wie er damals war, begegnete seitdem manchem Wanderer, der bei Nacht an der wüsten Stätte des Dorfes vorüber kam.

Diese Sage erinnert an die Weise, wie die Sachsen ihren Schatz retteten, als sie, nach Gerstenberger, bei Frankenberg geschlagen wurden. Die Stelle lautet:»Mit großer Macht zog Karl (der Große) dem Herzog Ludwig und den Christen zu Hülfe gegen die Sachsen. Deren Haufen lag einer zu Frankenberg und waren die Sachsen zu der Zeit über die Edder gegangen und sammelten sich zu Geismar, um die Christen zu bekriegen. Da das König Karl vernahm, zog er mit seinem Volke heimlich aus und lagerte sich gegen sie und Herzog Ludwig machte sich mit den anderen Christen stracks gegen sie auf.« Als die Sachsen Kunde davon erhielten, versenkten sie all' ihr Gold und Gut in einen Brunnen, daß sie es behalten möchten, darum heißt dieser Brunnen»Sachsenbrunnen«, und die Stelle, da der König lag,»Königsgraben«. Danach kamen die Christen an sie zwischen Frankenberg und Frankenau, stritten mit ihnen und gewannen den Streit und schlugen der Sachsen viel tausend todt. Da sprach Karl:»Die Feldmark soll gefreit und zehntfrei sein zu ewigen Zeiten!« Die Stelle wird das»alte Feld« genannt.

Die Wichtelmännchen bei Frankenberg.

In der Nähe von Frankenberg fand man nach jeder Nacht die Früchte niedergetreten. Es geschah dieses durch die Wichtelmännchen, kleine graue Männchen, gekleidet wie Bergknappen, mit dreieckigen Hüten.

Wichtelwohnungen.

Von den Wichtelmännchen hört man überall in Althessen, von der Diemel bis zur Werra, Schwalm und Lahn, und an vielen Orten werden noch die Felsenritzen und Höhlen gesehen, worin sie gewohnt haben.

Um Rotenburg herum findet man bei Erkshausen ein Wichtelfeldchen und einen Wichtelgraben, bei Richelsdorf eine Wichtelkammer, bei Süß einen Wichtelstein.

Bei Abterode hinterm Weißner wird ein Wichtelloch gezeigt. Bei
Datterode liegt ein Wichtelberg. Im Otterbachstein zwischen
Allendorf und Osterode, im Burgberg bei Ermschwerd und bei
Laudenbach haben Wichtel gehaust.

Unfern Cassel bei Sandershausen liegt ein Wichtelberg und eine
Wichtelbreite, und in der Wichtelwiese der Wichtelborn.

In der Nähe von Homberg sieht man bei Mühlbach einen Wichtelberg,
bei Holzhausen eine Wichtelhecke und dabei unter zerrissenem
Gestein eine Wichtelkirche.

Ueber Ernsthausen bei Frankenberg liegt auf einem Berge das
Wichtelhaus, eine Höhle, die von Wichtelmännchen bevölkert
gewesen sein soll.

Die Frau unter den Wichtelmännchen

Es ist noch gar nicht lange her, daß in Frankenberg eine Kinderfrau
lebte, die viel wunderliche Dinge von den Wichtelmännchen zu
erzählen wußte, denn sie hatte einmal ganze acht Tage unter ihnen
zugebracht und ihr Tun und Treiben ihnen abgemerkt. In einer
dunklen Nacht nämlich, da alle Nachbarn schon in tiefem Schlummer
lagen, war die Frau durch ein starkes Klopfen an der Haustür geweckt
worden. Sie sprang auf und lugte durchs Fenster, sah aber nichts als
eine Laterne vor dem Haus. Da rief eine Stimme hinauf:»Werft Eure
Kleider über und kommt mit mir; eine Frau harrt Eures Dienstes!«
Die Kinderfrau tat wie ihr geheißen, ging hinunter und folgte der
Laterne, die schon eine Ecke voraus war, zweifelnden Schrittes nach,
denn es kam ihr doch höchst seltsam vor, daß sie nur die Laterne sah
und nicht den Menschen, der sie trug. So ging es durch mehrere
Gassen, dann zum Klostertor hinaus und noch eine gute Strecke ins
Freie; da blieb das Licht endlich stehn, es öffnete sich eine verborgene
Falltür und viele Stufen führten in die Tiefe. Mit Zittern und Gebet
folgte die Kinderfrau ihrem rätselhaften Führer und es währte nicht
lange, so befand sie sich in einem hellen geräumigen Gemach mitten
unter Wichtelmännchen, die sie freundlich willkommen hießen. Ehe
sie Zeit hatte, sich von ihrem Staunen zu erholen, trat aber schon eins
der kleinen Männchen zu ihr heran und forderte sie auf, ihm zu der
Frau zu folgen, um derentwillen sie gerufen worden war. Bald darauf
kam denn auch ein ganz kleines niedliches Wichtelmännchen zur Welt
und da sich Mutter und Kind wohlbefanden und alles gut von statten

gegangen war, so hoffte die Kinderfrau am Morgen wieder zu den ihrigen zurückkehren zu können. Daraus wurde aber nichts; die Wichtelmännchen wollten sie durchaus nicht gehen lassen, bewirteten sie einen Tag besser wie den andern, und ließen's ihr an nichts fehlen.

Während dieser Zeit gingen die Wichtelmännchen oft fort und kehrten nicht wieder, ohne mit allerlei schönen Sachen beladen zu sein. Ehe sie weggingen, benetzten sie jedesmal ihre Augen mit einer Flüssigkeit, welche sie in einem Glas aufbewahrten. Der Alten war das nicht entgangen, und als einmal das kleine Volk wieder ausgezogen war, suchte und fand sie das Glas und tupfte ein wenig von dem Inhalt auf ihr rechtes Auge.

Acht Tage waren inzwischen vergangen und die Wichtelmännchen widerstanden nun nicht länger mehr dem Bitten der alten Frau; sie erlaubten ihr, sobald es dunkel wäre, heimzukehren:»Den Kehrdreck, der hinter der Tür liege, möge sie als Belohnung mitnehmen!« Sie war klug genug, das unscheinbare Geschenk nicht zu verschmähen, raffte den Kehrdreck in ihre Schürze und folgte guten Mutes der Laterne, die ihr, wie vor acht Tagen, von unsichtbarer Hand vorausgetragen ward. Nach einer halben Stunde langte sie wohlbehalten zu Hause an, zur großen Verwunderung ihres Mannes, der sich in den acht Tagen fast den Kopf zerbrochen hatte vor lauter Gedanken über ihr Ausbleiben. Nun erzählte sie ihm, wie das alles gekommen war und schüttete zum Schluß den Kehrdreck, den sie noch in der Schürze trug, vor ihn hin auf den Tisch. Ach, wie bebten da die Herzen der beiden Alten vor Freude! Wie blinzelten ihre Augen und wie schwiegen sie so still, als fürchteten sie durch ein lautes Wörtchen, durch einen Jubelschrei das, was sie so entzückte, wieder wie ein eitles Traumbild verschwinden zu sehen! Endlich aber lösten sich ihre Zungen; ihr Staunen ging in Worte über und jetzt sahen sie, daß es kein Traum, daß es die bare Wirklichkeit war: – ein Haufen von schimmernden Goldstücken lag auf dem Tisch!

Nach einiger Zeit war Jahrmarkt in Frankenberg. Die Kinderfrau, die nun so plötzlich reich geworden, ging zwischen den Krambuden umher, sah und kaufte mancherlei. Auf einmal bemerkte sie im Gedränge hier und dort zerstreut die Wichtelmännchen, wie sie ungesehen mit großer Geschicklichkeit die Tische und Läden plünderten. Und das sah sie mit dem rechten Auge, welches sie damals, als sie in der Wichtelwohnung war, mit jener Flüssigkeit benetzt hatte. Sie konnte es nicht über sich gewinnen, die kleinen

Diebe unangeredet gehen zu lassen und sprach:»Ei, was macht ihr da für Sachen?« Die Wichtelmännchen erkannten sie wohl und fragten »Mit welchem Auge siehst du uns?« Sie antwortete:»Mit dem rechten. « Da bliesen sie ihr in dasselbe und im Augenblick fiel es wie schwarze Nacht darüber. Sie sah die Wichtelmännchen nie wieder und blieb ihr Leben lang auf dem rechten Auge blind.

Schloss Waldeck

Man erzählt sich, als einer der Grafen ein Schloss an der Eder bauen wollte, fragte er einen in der Gegend hütenden Schäfer, wohin sich wohl bequem ein Schloss bauen ließe. Der Schäfer sagte darauf: »Dort, auf der Wald-Ecke! « Und daher hat denn das dort gebaute Schloss den Namen »Waldeck« erhalten.

Wenn man von Waldeck auf das Schloss zugeht, so steht da ein Felsen nicht weit von der Zugbrücke. Da haben sie oft gesagt, wenn der Fürst käme, würde er darunter sterben. Deshalb käme er nicht auf das Schloss.

Die Glocke zu Haina.

In der Kirche des im Jahre 1144 gestifteten Klosters Haina hängt eine zwar kleine, aber aus stattlichem Metall gegossene Glocke, daran stehen drei Hasen mit drei Ohren, aber so dargestellt, daß gleichwohl jeder Hase zwei Ohren hat. Man sagt, daß der Glockengießer, der Hase hieß, vielleicht auf diese Weise seinen Namen auf die Nachwelt bringen wollte.

Ankündigung des großen Krieges

Im Jahr 1618 hatte ein Mann zu Schiffelbach, beim Städtchen Gemünden an der Wohra, seinem Jungen vier Mesten Korn zugestellt, sie aufs Pferd gelegt, ihn nachher nach Marburg geschickt: solche dort um zwei Gulden zu verkaufen.

Da nun dieser vor Marburg zum Dorfe Wehrda kam, hat ein vornehmer, hochgewachsener Mann ihn angesprochen und gefragt, wie teuer er's geben solle; auch hat er ihn vermahnt, er solle eine

Meste nicht um weniger als einen Weißpfennig hingeben, und ihm also gehorchen, bis er ihm weiteres sagen würde.

Der Junge hat also das Korn um vier Albus verkauft, diese in seinen Beutel getan, und sich wiederum nach Hause gewandt. Da ist ihm jener Mann an der gleichen Stätte wieder begegnet, und hat vom Jungen vernommen, daß er ihm gehorsam gewesen sei. Hat dann den Jungen geheißen, unter seinem linken Arm durchzusehen; da hat er viele Spieße und blutige Degen gesehen. Darauf geheißen, unterm rechten Arm durchzugucken, hat er viel Totengebein und Schädel erblickt. Nun hat der Mann geweissagt, es solle ein arges Blutvergießen und solches Sterben geschehen als es noch nie zuvor war.

Dann hat jener noch in des Jungen Geldbeutel geblasen, viel Geld beschert und geboten, er solle alles so seinem Herrn sagen und das Geld bringen. Der Junge ist an drittem Tag danach gestorben.

Die Riesen vom Rauschenberg und Burgholz.

Zwei Riesen wohnten der eine auf dem Rauschenberge, der andere auf dem Burgholze, eine halbe Stunde von Rauschenberg, wo man noch Spuren ehemaliger Befestigung sieht, in friedlicher Eintracht mit einander. Sie besaßen gemeinschaftlich eine Axt; wollte sie einer benutzen, so gab er dem Nachbar ein Zeichen, der sie ihm dann von seiner Burg aus zuwarf.

Das Lichtlein

Zwei Bauern gingen aus dem Dorf Langenstein (nah bei Kirchhain in Oberhessen) nach Emsdorf zu, mit ihren Heu-gabeln auf den Schultern. Unterwegs erblickte der eine unversehens ein Lichtlein auf dem Spieß seines Gefährten, der nahm ihn herunter und strich lachend den Glanz mit den Fingern ab, daß es verschwand. Wie sie hundert Schritte weitergingen, saß das Lichtlein wieder an der vorigen Stelle und wurde nochmals abgestrichen. Aber bald darauf stellte es sich zum dritten Mal ein, da stieß der andere Bauer einige harte Worte aus, strich es jenem nochmals ab und darauf kam es nicht wieder. Acht Tage hernach an derselben Stelle, wo der eine dem andern das Licht zum dritten Mal abgestrichen hatte, trafen sich diese beiden Bauern, die sonst alte gute Freunde gewesen, verunwilligten sich und von den Worten zu Schlägen kommend erstach der eine den andern.

Die Pest in Kirchhain.

Zu einer Zeit war einmal die Pest in Kirchhain ausgebrochen und raffte viele Menschen hinweg. In ihrer Noth riefen die Kirchhainer einen Zauberer herbei, welcher die Seuche beschwor und in einen Balken bannte; vor das Loch, in welches sie hineingefahren, schlug er einen Pflock. Von dem Tage an kamen keine Pestfälle mehr vor und die Bürger waren froh, daß der ungebetene Gast sich zurückgezogen hatte.

Zwei Jahre später kam ein Mann in das Haus, sah den Pflock in dem Balken stecken und zog ihn heraus; denn er wußte nicht, welche Bewandniß es damit hatte. Zur selben Stunde brach die Pest von Neuem in Kirchhain aus und wüthete so arg, daß fast die ganze Stadt ausstarb.

Nixenbraut

Nicht weit von Kirchhain liegt ein tiefer See, der Nixenborn geheißen; und öfter lassen sich auch die Nixen sehen, um sich an den Gestaden zu sonnen. Die Mühle, die dort am Wasser liegt, heißt ebenso: Nixen-Mühle; da baden Nöcken und Nixen sich alle am hellen Mittag. Sie haben alsdann unten einen dünnen farbigen Leib wie eine glatte Schlange, tun jedoch niemandem etwas Böses. Nur wer sie ockert, atzelt und itzelt, der muß es büßen.

Sie verkehren wohl auch mit den Menschen, haben dann ganz menschliche Gestalt; und so läßt sich ihre Art nur daran erkennen, daß ein Saum ihres Gewandes immer feucht bleibt.

So kamen eine Zeitlang drei wunderschöne Jungfrauen aus jenem See in die Spinnstube des Dorfes Nieder-Gleen, brachen aber unweigerlich immer um elf Uhr mit dem ersten Glockenschlag auf. Ein Bursche des Ortes hatte sich in die eine Nixe verliebt und verstellte also die Wanduhr um eine ganze Stunde.

Ahnungslos gingen die Jungfrauen fort. Doch am nächsten Morgen schwammen drei Blutstropfen auf dem Wasser des Sees; und am dritten Tag verstarb der an der Täuschung Schuldige.

Das wilde Heer.

Bei Kirchhain in den Erlen soll es nicht richtig sein und Niemand wagt sich bei Nacht an diesen Ort. Verspäteten Wanderern, die durch die Büsche kamen, soll zuweilen ein schwarzer Ziegenbock aufgehockt haben. Andere hörten Tumult und wildes Geschrei, Hundegebell, Peitschen-knallen, Rufen und Fluchen, als ob das wilde Heer durch die Erlen zöge. Auch an Marburg soll vor länger als fünfzig Jahren zwei Mal das wilde Heer vorübergezogen sein.

Ein Mann kam eines Abends von Rotenburg am Haierode vorüber und hörte Hallorufen in der Luft, Hundegebell und Gerassel. Meinend, es wären Jäger, die in der Dunkelheit an ihm vorübersausten, rief er ihnen zu:»Gut Glück und Halbpart!« In dem Augenblicke fiel etwas Schweres auf seine Schultern herab, das er vergebens abzuschütteln versuchte; er mußte es nach Hause tragen und als er's bei Licht betrachtete, war's ein Stück Aas vom Schindanger.

Der feurige Drache.

In Kirchhain erzählen die Leute viel von einer feurigen Erscheinung, die bald wie ein langer Balken, bald wie ein Drache gestaltet gewesen. Oft soll der feurige Drache über Feld und Wald dahin gefahren sein, oft über der Stadt geschwebt und sich in einen Schornstein hinabgelassen haben. Der feurige Drache soll aber der Teufel selber sein.

Das Schlüsselweibchen.

Bei Kirchhain in einem Garten geht eine Frau um, das »Schlüsselweibchen« genannt. Sie steigt aus einem Keller und geht bis zu einem nahen Thurme, in welchem sie alsdann verschwindet. Oft steht sie vor dem Keller und winkt den Vorübergehenden, daß sie ihr folgen möchten. Wer aber in den Bereich ihrer Hände kommt, dem dreht sie den Hals um.

Der Teufel am Spieltisch.

Als die Papiermühle bei Kirchhain noch eine Mahlmühle war, kam eines Abends ein unbekannter Mann und brachte einen Sack voll Frucht, den er gemahlen haben wollte. In der Mühle waren just ein paar lustige, leichtfertige Gesellen, welche den Fremdling einluden,

mit ihnen Karten zu spielen, bis seine Frucht gemahlen sei. Der
Fremde war das zufrieden und sie setzten sich zu Tisch und fingen an
zu spielen; aber das Glück war auf Seite des Unbekannten. In der
Hitze des Spieles fiel einem der Andern eine Karte unter den Tisch; er
bückte sich danach und sah plötzlich mit Schrecken einen Kuhfuß mit
gespaltenem Hufe unter dem Rocke des Fremden hervorragen.»Herr
Jesus!« rief er in seiner Angst. Alsbald fuhr der Teufel vom Tische
auf und war im Nu durch das offene Fenster verschwunden, einen
erstickenden Schwefeldunst in der Stube zurücklassend.

Der Kreuzweg über Erksdorf

Die Kirchstätte des ausgegangenen Elmsdorfs zwischen Erksdorf und
Emsdorf wird noch durch vier niedrige, dicht belaubte Bäume
bezeichnet. Wo von diesen Bäumen der Weg nach Allendorf geht und
andererseits die von Erksdorf nach Langenstein führende Straße
heraufkommt, bilden beide Richtungen ein Kreuz, und auf dieser
Stelle ist es nicht richtig. Seltsame Dinge sind da schon vorgegangen.

Ein aus Erksdorf gebürtiger Soldat eines Marburger Regiments hatte
Heimurlaub erhalten und fast bis Mitternacht bei seinen Nachbarn im
Wirtshause gesessen, wo er doch am anderen morgen um 5 Uhr in
Marburg sein mußte.
Er machte sich also auf den Weg. Zwischen 12 Uhr und 1 Uhr nachts
kam er auf das Kreuz. Da sah er eine gewaltig große schwarze Katze
sitzen, die sich allemal so wandte, daß ihm der Weg
versperrt war. Ihre Augen waren groß und sprühten Funken, und aus
dem geöffneten Maule glänzte eine Menge langer weißer, sehr spitzer
Zähne. Der Soldat war ein tapferer Mann, zog seinen Säbel und hieb
auf sie ein; aber bei jedem Streiche den er tat, erklang es von ihrem
Rücken, wie wenn jemand hart auf Metall schlägt. Die Katze fing
fürchterlich an zu heulen, tat greuliche Sprünge nach ihm, und es
entstanden bei jedem Hiebe des Soldaten eine Menge anderer Katzen,
die der ersten völlig gleich waren.
Die Meute stürzte auf den Soldaten ein, er mußte sich wieder nach
Erksdorf zurückziehen, wehrte sich aber auf das verzweifeltste.
Endlich waren seine Kräfte erschöpft, und er hätte den Unholden
erliegen müssen, wenn nicht glücklicherweise das erste Haus von
Erksdorf vor ihm gestanden hätte und die Leute darin von dem Lärm
nicht schon wach geworden wären. Mit ihrer Hilfe gelang es ihm,
seinen Verfolgern die Türe vor der Nase zuzuschlagen. Die Katzen

schwirrten noch einigemal mit greulichen Geberden im die Fenster herum und verschwanden dann. Als man am frühen Morgen den Säbel des Soldaten sah, war die Klinge ganz weggehauen und was noch davon vorhanden war, zeigte die ärgsten Sprünge. Der Soldat fiel in ein schweres Nervenfieber und konnte nicht nach Marburg abgehen. Als er endlich genas, blieb ihm noch längere Zeit Schwäche in allen seinen Gliedmaßen als ein Andenken an jene unheimliche Nacht zurück.

Die Riesen bei Erksdorf

„Bei Erksdorf auf der sogenannten Heide, eine Höhe wo der ausgegangene Ort Elmsdorf stand, sowie auf der eine Stunde entfernten Eichwaldshöhe bei Hatzbach, wohnten von alters her zwei Riesen, die nur eine einzige Axt besaßen, die sie sich zuwarfen, wenn einer von beiden Holz fällen wollte."

„Diese Sage wird in Erksdorf auch so erzählt, daß einst drei Brüder lebten, von denen der eine auf Trillenrod, der eine auf Etzenrod, der dritte zu Enzenrod wohnt. Das erste ist ein ausgegangener Ort mit Aufwurfsresten eines Schloßes in bedeutender Höhe zwischen Erksdorf und Neustadt, das zweite der jetzige Hof Etzgerode bei Speckswinkel, das dritte ein ausgeganger Ort zwischen Speckswinkel und Mengsberg mit den Aufwürfen eines Turmes. Die Brüder hatten alle drei Riesengestalt und besaßen nur eine einzige Axt. Wenn einer sie gebrauchen wollte, so wanderte die Axt zwischen den Brüdern in der Luft umher.

Ritter Knoblauch von Hatzbach

Zwischen Hatzbach und Erksdorf liegt in einer Wiese unter dem Fuße eines steinigen Hügels das Sumpfloch, „der Jungferborn" genannt, von dem folgende Sage geht:

Ein Ritter aus dem Hause Knoblauch, der Sohn oder Enkel des Gründers von Hatzbach, hatte sich mit einer Tochter seines Lehnsherrn, des Grafen von Ziegenhain, verlobt; der Vater des Fräuleins aber stimmte nicht zu, sondern wollte seine Tochter einem anderen Edlen antrauen lassen und beschleunigte deshalb die Vorbereitungen zur Hochzeit mit diesem.

Als alles fertig war, der Festzug in die Kirche von Ziegenhain eben stattgefunden hatte und die Trauung vor dem Altare beginnen sollte, stürzte plötzlich Ritter Knoblauch in das Gotteshaus, riß die Braut mit seinen Getreuen vom Altar weg und zur Kirche hinaus, schwang sich draußen mit ihr auf ein schnelles Pferd und floh über Neustadt und die alte Straße, die nach Erksdorf führt, Hatzbach zu, wo ebenfalls alles zur Trauung bereitgehalten wurde. Schon leuchtete ihnen vom Schloßgarten her die erhellte Burg und Kapelle entgegen - da plötzlich wich der Grund unter dem Rosse, der Boden tat sich auf und der Entführer wie die ungehorsame Tochter fuhren in die Erde hinab; das Gefolge aber, das nur den Befehl seiner Herrschaft befolgt hatte, entkam.

Zum ewigen Gedächtnis an das Geschehene bildete sich an dieser Stelle ein tiefes Wasserloch, der Jungferborn genannt, weil eine Jungfrau darin versunken ist. Er hat eine solche Tiefe, daß, als die Hatzbachischen eine Menge Stangen aneinander banden und damit in das Loch hinabstießen, sie keinen Grund zu finden vermochten.

Die Jungfrau erhebt sich in mondhellen Nächten aus dem Wasser, wo sie schon mancher in einem weißen Gewande über dem Brunnen schwebend gesehen hat. Sie beklagt ihr Schicksal in leisen gesangartigen Tönen. Der Ritter aber sitzt nach einigen aufrecht zu Rosse in der Tiefe des Jungferborns, nach anderen befindet er sich mit der Braut in einer vierrädrigen Kutsche unten auf dem Grunde und harrt so dem jüngsten Tage entgegen, wo er sein Urteil empfangen wird.

Die gespenstige Jungfrau und der umgehende Hund bei Hatzbach.

Die Gäbelswiesen sind ein enges Bergtal zwischen Hatzbach und der Kammermühle, wo am Abend eine weiße, gespenstige Jungfrau umgeht. Sie tut niemandem etwas zuleide, spricht aber auch keinen an uns ist ganz still. Wer ihr begegnet, weicht ihr aus; denn es soll nicht gut sein in ihre Nähe zu kommen oder sie anzureden.

Auf dem Ledersberg (früher Lottersberg) aber, der sich zehn Minuten gegenüber auf der anderen Seite der Landstrasse erhebt, hat sich den nach Hatzbach gehenden Leuten ein Hund mit sprühenden, tellergroßen Augen in den Weg gestellt und sie vom eintritt in den Ort abgehalten, so daß sie einen Umweg nehmen mußten.

Der unterirdische Gang.

Die Städte Amöneburg und Kirchhain liegen nur eine halbe Stunde von einander und sind, der Sage nach, durch einen unterirdischen Gang verbunden. Als einmal die Schweden im dreißigjährigen Kriege Amöneburg belagerten, entdeckten sie diesen Gang und gelangten mittelst desselben in die Stadt hinauf, die darüber in ihre Hände fiel.

Bonifazius-Aecker.

Bei Amöneburg zeigt man unter Linden die Lena-Kapelle, in welcher Bonifatius gepredigt haben soll. Auch liegen um die Stadt herum viele s.g. Bonifazius-Aecker, welche keinen Zehnten geben, weil Bonifatius darüber hingegangen; denn alle Aecker, über welche der Heilige hinwegschritt, wurden von diesem Augenblicke an zehntfrei.

Das Steigerfest in Amöneburg.

Auf der breiten Hochfläche eines 541' über den Wasserspiegel der Ohm sich erhebenden Basaltberges liegt das früher mainzische Städtchen Amöneburg, bekannt schon seit Bonifatius, welcher nach seiner Ankunft in Hessen (722) hier die ersten Bekehrungsversuche machte. Amöneburg ist demnach ein uralter, gewiß von unsern heidnischen Vorfahren schon heilig gehaltener Ort, eine Vermuthung, die darin ihren Grund hat, daß unter der an der Ostseite des Berges steil abfallenden, 70 bis 80' hohen Felswand vormals Gericht gehalten wurde, und daß der Apostel der Deutschen hier ein Kloster und eine Kirche anlegte, gerade so, wie er einige Jahre später zu Fritzlar, wo die heilige Donnereiche stand, und nahe dem alten Gaugericht von Maden (*Mattium)* eine Kirche erbaute. Die Stadt Amöneburg, welche durch ihre Lage und ihre Mauern geschützt und durch zwei feste Burgen gedeckt war, ist gleichwohl mehrfach belagert und erobert worden, namentlich wurde sie im dreißigjährigen Kriege hart heimgesucht. Die Bürger feierten bis in die neueste Zeit zur Erinnerung an eine glücklich zurückgeschlagene feindliche Bestürmung jährlich am 1. Januar das s.g. Steigerfest, welches von der Geistlichkeit durch eine kirchliche Feier eingeleitet wurde und wozu der Stadtrath förmliche Einladungen an die mainzischen Beamten und Burgmannen zu erlassen pflegte. Man glaubte seither, das Fest datire von jener in der Sylvesternacht 1645 durch die in Kirchhain liegenden hessischen Truppen versuchte Ersteigung und Ueberrumpelung, welche, auf der steilsten Seite unternommen, durch die Wachsamkeit einiger Weiber noch vereitelt wurde, als sie schon halb gelungen war. Die Vordersten hatten nämlich auf den mitgebrachten Leitern bereits die Mauer erstiegen und waren in die Stadt hinabgesprungen, als auf das Hülfegeschrei der Weiber die Besatzung herbeieilte. Die kühnen Eindringlinge wurden mit Uebermacht angegriffen und erschlagen, die Uebrigen sammt den Leitern in die Tiefe hinabgestoßen. Allein das Steigerfest ist doch viel älter, wie einige in neuerer Zeit aufgefundene Briefe ergeben. Im Jahr 1642 berichtete Johann Daniel von der Nuhn' an den Kurfürsten von Mainz:»Es sei vor hundert und mehr Jahren die Stadt Aumeneburgk einsmals bey Nacht feindlich bestigen, aber wieder zurückgeschlagen worden, deshalben dann die von Aumeneburgk noch alle Jahr vff selbigen Tagk das Steigfest genant, zue halten pflegen, bey welchem dan zue forderst E. churf. Gnaden Beambten, die Burgkleut, Burgermeister vnd Rath zu erscheinen citiret werden, vngeachtet, daß nuhn vor 80 Jahren mein Vetter Christoffel von der Nuhn damals zue Martorff gewohnt, seine Burgmans Gerechtigkeit gleichwol in diesem helfen halten, auf solchem Fest in der Kirchen beizuwohnen citirt worden oder warumb er nicht erscheinen können, seine Entschuldigung einbringen müssen.« Und in der That findet sich noch ein anderer Brief vom 4. Januar 1560, worin Christoph von der Nuhn, Burgmann zu Amöneburg, an den Stadtrath daselbst schreibt:»Evern Begern nacher hab ich das vergangen Steigfest nicht bey euch erscheinen können, den ich bin denselben Tag verritten gewest.« – Diese Briefe beweisen zur Genüge, daß das Steigerfest nicht auf die versuchte Ersteigung der Stadt im J. 1645, sondern auf eine weit frühere Zeit und auf ein Ereigniß zurückzuführen ist, von welchem jede Kunde verloren gegangen zu sein scheint.

Der grüne Keller.

Die Wüsburg, welche auf einer waldigen Höhe über dem Dorfe Ohmes, bei Neustadt, liegt, ist ein in Trümmer zerfallenes Schloss, von welchem die Geschichte gar nichts weiß. Dreifache Wälle, die den Berg umschlingen, deuten auf eine starke Befestigung. Vor nicht sehr langer Zeit soll noch ein Kellerloch an dem Gemäuer erhalten gewesen sein; Leute, die hineingesehen hatten, erzählten, daß es schön grün unten ausgesehen habe, wie eine sonnige Wiese.

Nothfeuer.

Der Schultheiß zu Neustadt berichtet unter dem 12. December 1605 an den Schultheißen zu Marburg:»Das es nicht ohne, sondern zu viel wahr, das in Anno etc. 98 ein groß Vihesterben allhier gewesen, also das gemeine burgerschafft hie vnd dortt rath gesucht, vnder anderm ist gedachten Köhlers1 gedacht worden, der sich dan dieses Orts ingestellt, vnd großer Kunst geruhmbt, vnd ausgebenn, Nemblichen man soltte ein nothfeuwer nachfolgendter mahsen anstellen, Erstlich solt man ein neuw wagen raht, mit einer Achsen, so noch nicht gebraucht, nehmen, und solches so lang herumber treiben, bis es feuwer gebe, dauon solte man alßdan ein feuwer zwischen die Pforten machen, vnd alle das rindvihe dardurch treiben. Es hat auch eher vnd zuuohr diß feuwer angezündet wordten, Ein ieder burger in der Stadt sein feuwer, von dem gedachten feuwer, holen müßen, Es hat aber nicht das geringste geholffen, sonder lauter betrugk vnd lugen gewesen.« etc.

Der Teufel baut eine Stadt

Junker Hans von Dörnberg besaß auf dem Hain bei Neustadt ein Schloss und gebot außerdem über fünf Dörfer, die in dieser Gegend lagen. Er wünschte nun eine Stadt zu haben, und um seinen Zweck schnell zu erreichen, schloß er ein Bündnis mit dem Teufel und ließ ihn vier Dörfer, obgleich dieselben eine hohe und gute Lage hatten, zu dem fünften und größten in den Bruch hinabtragen. Weil nun der Teufel die Häuser bloß auf den Boden dahin gestellt hat, daher kommt's, daß keine Keller darunter sind. So ist Neustadt entstanden.

Die Neustädter und Junker Hans von Dörnberg.

Die Bürger von Neustadt waren ehemals ein gar wildes, unbändiges Völkchen, das seinem Herrn, dem Kurfürsten von Mainz, manche Sorge machte. Deshalb sprach der Kurfürst einstmals zu dem reichen Hans von Dörnberg, dem gewaltigen Hofmeister von Hessen:»Höre Hans, ich will Dir die Neustädter verpfänden, damit Du sie zähmest. « Und Hans war das zufrieden und zahlte dem Kurfürsten eine gewisse Summe. Um aber Hansen den Besitz zu sichern, kamen Beide überein, die Ablösung durch mehrere Bedingungen zu erschweren. Nur dann sollte dem Kurfürsten der Rückkauf zugestanden werden, wenn er die

Pfandsumme in neuer, von ein und demselben Fürsten geprägter Münze erlege, einen kohlschwarzen Ziegenbock stelle, der auch nicht ein weißes Haar an sich habe und einen sieben Fuß langen Hagedorn liefere, von einem Schusse und ohne Aeste.

Hans nahm darauf Neustadt in Besitz und baute einen weiten Thurm, der noch jetzt vorhanden ist und»Junker-Hansens-Thurm« genannt wird. In diesen Thurm ließ Hans alle Bürger werfen, die seinem Willen nicht gehorchten und hielt sie bei schmaler Kost. Und die Bewohner des Thurmes mehrten sich von Tag zu Tag, so daß bald ein großer Theil der Bürger darin saß. Es wendeten sich zwar die Weiber an Hans, und baten, ihnen ihre Männer wieder zu geben, denn sie könnten dieselben nicht entbehren, aber es war vergeblich; auf den strengen Junker machten solche Bitten keinen Eindruck.

Den Neustädtern ward dies strenge Regiment natürlich immer lästiger und der Magistrat begann zu überlegen, wie die Stadt sich von demselben befreien könne. Aber jegliche Verhandlung, die darüber auf dem Rathhause gepflogen wurde, mochte das auch noch so geheim geschehen, kam zu des Junkers Kenntniß. Die Neustädter zogen daraus den richtigen Schluß, daß der Teufel dem Junker dabei behülflich sei. Darum verlegten Bürgermeister und Rath ihre nächste Berathung ins offene Feld an eine Stelle, die noch heute der»gute Rath« genannt wird. Hier faßten sie nun den Beschluß, den Junker abzukaufen und um die schwierigen Mittel herbeizuschaffen, wurden drei Männer erwählt; der eine sollte die Sorge um das Geld, der andere um den Ziegenbock, der dritte die Lieferung des Hagedorns übernehmen. Der Letztere hatte die bequemste Aufgabe erhalten; er düngte eine Stelle seines Gartens auf das Sorgfältigste, pflanzte einen Hagedorn dahin und pflegte denselben früh und spät. Die andern Beiden mußten sich dagegen auf die Wanderung begeben und viele Länder durchziehen, ehe sie das fanden, was sie suchten. Der, welcher nach dem Gelde ausgezogen war, kam endlich nach der Schweiz und traf dort den Kaiser. An diesen wendete er sich, und der Kaiser war so gnädig und gewährte ihm seine Bitte. Der Andere aber fand erst in Ungarn einen Ziegenbock, wie er sein mußte. Inzwischen war auch der Hagedorn so vortrefflich gediehen, daß, als Jene mit dem Gelde und dem schwarzen Ziegenbocke heimkehrten, derselbe, statt der nöthigen 7 Fuß, sogar 9 Fuß hoch gewachsen war.

So waren denn alle Bedingungen herbeigeschafft und die Neustädter zögerten nun auch nicht einen Augenblick mehr, das schwere Joch des Junkers von ihrem Halse zu werfen.

Die Sprachröhre.

In grauer Vorzeit wohnten um Neustadt herum drei Ritter, einer auf der Nellenburg, der andere auf der Wüsburg und der dritte auf dem Forst (wo nach einer andern Sage ein Kloster dieses Namens gestanden). Jeder besaß ein Sprachrohr, durch das er den beiden andern sich verständlich machen konnte. Wenn sie nun in ihren Burgen daheim waren und sich langweilten, ging einer ans Fenster, setzte das Sprachrohr an den Mund und entbot den beiden Nachbarn seinen Gruß. Diese thaten ein Gleiches und alsdann pflegten sie sich mit einander zu unterhalten, ungeachtet des Raumes, der sie trennte.

Die Burg zu Lehrbach

Die Reste des alten Schlosses der Herren und späteren Grafen von Lehrbach, von denen viel in der hessischen Geschichte von nicht geringer Bedeutung gewesen sind, finden heute zutage in dem großen Garten des Hofgutes daselbst, und ein ehemaliger Burgkeller wird noch immer von dem Pachter benutzt. In diesem Keller ist es nicht recht geheuer, und bei Nacht würde man vergeblich einem Menschen zureden hinein zu gehen. Maurer, die einmal die Sandsteinplatten des Bodens aufbrechen sollten, mußten von dieser Arbeit unverrichteter Sache wieder abstehen: ihre Laterne ward ihnen von unsichtbarer Gewalt ausgelöscht; sie mochten es anfangen, wie sie wollten, stets umgab sie dichte Finsternis. – Aus dem Burgkeller heraus nach der Stätte des früheren Wohngebäude sieht man alljährlich , meist gegen Abend und vornehmlich kurz vor Weihnachten, eine der alten Ritterfrauen kommen, die haben schon viele gesehen. Ein Mann, der diese Erscheinung für einen Lug hielt, passte eines Tages auf sie, und richtig! Plötzlich sah er ihre Gestalt aus dem Keller heraufsteigen. Alsbald stand sie vor ihm und schaute ihn schreckhaft an. Ganz weiß war sie nicht gekleidet, sie hatte ein schwarz kariertes Brokatkleid an, lange Haare wallten auf ihren Rücken herab und im Gesicht selbst bemerkte er ein großes Muttermal. Sie that ihm zwar kein Leid, und verschwand auch gleich wieder, der Mann selbst aber machte, daß er davon kam und begehrte sie nicht zum zweiten Mal wieder zu sehen.

Das Lehnausrufen.

Eine eigenthümliche, gewiß ins höchste Alterthum reichende Sitte ist das Lehnausrufen in der Schwalm- und Lahngegend. In der Walpurgisnacht ziehen die jungen Burschen unter Gesang und Peitschengeknalle aus dem Dorfe;

Einer von ihnen stellt sich auf einen Stein oder eine Anhöhe und ruft:

»Hier steh' ich auf der Höhe

Und rufe aus das Lehn, das Lehn, das erste (zweite etc.) Lehn,

Daß es die Herrn recht wohl verstehn!
Wem soll das sein?«

Die übrige Versammlung antwortet, indem sie die Namen eines Burschen und eines Mädchens nennt, mit dem Zusatz:

»In diesem Jahre noch zur Ehe!«

Dann beginnt wieder Gesang und Peitschengeknall und dies wiederholt sich, bis die Reihe der Heirathsfähigen durchgegangen ist.

Man nennt diese sonderbare Verbindung »Mailehn«. Die für beide Theile daraus entspringende Verpflichtung besteht nur darin, das ganze Jahr lang mit keinem oder keiner Dritten zu tanzen. Der Bursch empfängt von seinem Mädchen einen s.g. Lehnstrauß, welchen dieses selbst ihm auf den Hut befestigt.

Früher zündeten die Burschen während des Lehnausrufens auch Feuer an, schossen und tranken bis zum andern Morgen und geriethen darüber nicht selten in kirchliche und weltliche Strafen.

Bonifatius rettet Fritzlar

Im Siebenjährigen Krieg lagen einmal die Franzosen in Fritzlar. Da erschien der Feind vor der Stadt und beschoß sie sehr heftig. Alle Bürger klagten und jammerten laut. Plötzlich aber hieß es, Bonifatius sei wiedergekommen, um seine Stadt aus ihrer Bedrängnis zu retten. Alle strömten dem Haddamarer Tor zu und sahen dort den Heiligen auf der Mauer stehen. Er hielt ein großes weißes Tuch in den Händen und fing damit die Kugeln der Feinde auf. Die Kugeln prallten auf die Feinde zurück und töteten sie. Von der Stadt her wurde aber auch nicht eine Muskete abgeschossen. Da ergriff die feindlichen Krieger Angst und Schrecken, und sie machten, daß sie fortkamen. Alsbald war auch Bonifatius wieder von der Mauer verschwunden.

Der Graf von Ziegenhain

Die hessische Stadt Ziegenhain hatte vorzeiten eigne Grafen, welche jedoch ausgestorben sind. Sie stammten von Ludwig dem Eisernen, Landgrafen zu Thüringen, ab. Der letzte dieser Grafen hieß Johann, zubenamt der Starke. Und in Wahrheit war er ein starker Hans, und der edle Jochem von Schapelow, der vier Eimer Weines auf einmal aus des Brandenburger Kurfürsten Keller trug, wäre vielleicht gegen diesen Ziegenhainer nicht aufgekommen. Eines schönen Tages geruhte Graf Hans von Ziegenhain zu Frankenberg, auch einem oberhessischen Städtlein, mit seiner Frau Mutter spazierenzugehen, und kamen durch eine etwas enge Gasse, mitten in selbiger stand ein Fuder Wein auf einem Wagen, das versperrte die Gasse so auf beiden Seiten, daß man ohne sich an Wand oder Wagen zu beschmutzen nicht wohl vorbei konnte, und zogen die Frau Gräfin darüber schon ein schiefes Maul. Da griff Graf Hans herzhaft an und hob und schob mit einem Ruck vorn und einem Ruck hinten das ganze Fuder samt dem Wagen zur Seite, daß die Wände der Häuser krachten und die Leute darin dachten, es wäre ein Erdbeben. Das war der gnädigen Frau Mutter wieder nicht recht, und hub an zu schelten: Ist das nun not und nötig, seine Leibeskraft so übermäßig anzustrengen und selbige also liederlich zu vergeuden? - Darauf sagte Graf von Ziegenhain bescheidentlich: Die Frau Mutter ereifere sich doch ja nicht und sei nicht ungnädig! Ich habe es gut gemeint, indem derselben habe Platz machen wollen zum Vorbeigehen. Da ich es nun damit nicht getroffen, so will ich meinen Fehler gleich wiedergutmachen! - sprach's und rückte alsbald, ohne erst Antwort abzuwarten, mit zwei Rucken das Fuder samt dem Wagen wieder so, wie es zuvor gestanden, und mußte nun die gestrenge Frau Landgräfin umwenden und sich eine andere Gasse zum Durchspazieren suchen.

Wie Ziegenhain an Hessen gekommen.

Als Landgraf Ludwig der Friedsame seine Reise nach dem heiligen Grabe antrat, begleitete ihn Graf Johann von Ziegenhain. Diesem wäre es aber schon ganz im Anfange beinahe schlimm ergangen, denn als sie in die Nähe von Venedig kamen, erkundschaftete ihn allda ein Kaufmann, den der Graf in seinem Lande hatte berauben lassen, welches zu der Zeit gar gemein gewesen und mit einem andern Namen »Grempeln auf der Straße« genannt wurde. Es thatens die Hohen und Niedern und in Hessen ging damals das Sprüchwort:

Rauben und Stehlen ist keine Schande,
Thun es die Besten doch im Lande.

Nun hatte der Kaufmann das Seine wohl öfter schon wieder fordern lassen, aber immer vergebens und so mußte er in Geduld Zeit und Gelegenheit abwarten, wo ihm dennoch Ersatz für seinen Schaden werden möchte. Wie er nun den Grafen zu Venedig entdeckt hatte, gedachte er ihn festnehmen zu lassen und dann wäre er schändlich um sein Leben gekommen. Da erhielt noch zur rechten Zeit der Landgraf Kunde von dem schlimmen Handel, erlegte eine große Summe für den Grafen, stellte dadurch den Kaufmann zufrieden und rettete Jenen aus der Gefahr.

Nachmals hat der Graf, da er der letzte seines Stammes und kinderlos gewesen, dem Landgrafen für die dargestreckten Gelder, wozu ihm dieser noch eine ziemliche Summe gegeben, seine Grafschaften Ziegenhain und Nidda übertragen mit dem Beding, daß er und seine Gemahlin ihr Lebtag die Grafschaften ruhig besitzen und diese hernach an Hessen fallen sollten, was denn auch geschehen ist.

Wunderliche Ehre

Es ist doch seltsam und nachdenklich genug, daß sich niemand seine Ehre vor der Welt ganz und gar will nehmen lassen. – Der Historienschreiber war vor langen Jahren einmal in Ziegenhain, wo dazumal die erste Klasse der Eisengefangenen verwahrt wurde. – Leute, die längst im Stehlen und Rauben, zum Theil auch im Todtschlagen, und seitdem im Kettentragen und in ihren grauen Jacken mit braunen Ermeln vollends alt und grau geworden waren. Da geschah es, daß in dem Hofe des Gefangenenhauses eines morgens zwei dieser ehrlichen Leute, deren Namen und Geschichte dem Historienschreiber wohl bekannt waren, und deren Gesichtern man es schon anzusehen meinte, daß sie Schimpf und Schande gewohnt seien, in Streit miteinander gerieten. Der erste schalt den zweiten einen Spitzbuben, einen Dieb und Schafvergifter über den anderen; endlich war es dem letzteren zuviel: er sprang auf, stellte sich mit geballter Faust vor seinen Gegner hin und schrie: „was willst du wohl, du schlechter Kerl? Ich bin so gut in einem kurfürstlichen Hause, wie du!"

Kamen diese ehrlichen Vögel dann nach ausgestandener Strafe und Schmach nach Hause, so wollte sie keiner der Nachbarn zur Arbeit haben, man schloß die Türen vor ihnen zu, und wenn man ja einem von ihnen begegnete, so grüßte man ihn nicht und gieng lieber einen andern Weg. Aber in ihrem Sinn hatten sie Ehre genug.

Ungefähr ebenso machten es ehedem die leibeigenen Bauern im Kurland. Wenn diese etwas versehen hatten, so ließen ihre Gutsherren si mit Ruten hauen. Die Leute mochten das Ding wohl auch, wie die Eisengefangenen in Ziegenhain ihre Ketten mit der Zeit gewohnt worden sein, und wenn nun ein junger Bauer viel weiser Worte machen wollt, so pflegten die alten kurländischen Bauern zu sagen; „Was willst du hiervon reden, junger Laffe? Ich bin älter als du, und habe der Obrigkeit Strafe schon so und so vielmal ausgestanden."

Das ist die Ehre vor der Welt. Aber deine eigene Weltehre, lieber Leser, und die meinige hat dennoch, ob wir gleich beide weder kurländische Bauern noch hessische Eisen-gefangene sind, keinen andern und keinen beßren Grund, als deren Ehre hatte. – Und doch gibt es wirklich eine Ehre, die in der Unehre und Schmach vor der Welt gesucht werden muß. Die Ehre aber suchen die Menschen nicht gern.

Der St. Walpurgistag.

In der Nacht vor dem Walpurgistage ziehen im Ziegenhainischen die jungen Bursche vor die Dörfer und knallen mit langen Peitschen die halbe Nacht durch, um die Geister zu vertreiben. Am Walpurgistage selbst ruhen viele Geschäfte, das Vieh wird nicht angespannt, es wird nichts verborgt und Weiber, welche Feuer holen, gelten für Hexen.

Der hessische Blocksberg

Im Süden des Kreises Ziegenhain erhebt sich bei Ottrau der Bechelsberg bis zu einer Höhe von 472 m empor. An seinem Abhang wachsen mancherlei Heilkräuter, die zu Himmelfahrt gesammelt werden. Der Gipfel des Bechelsberges heißt die Rumpelskuppe, ein Name, welcher dem ungeheuern, donnerähnlichen Getöse seine Entstehung zu danken haben mag, das zum Schrecken und Entsetzen der Menschen und des Viehes mitunter oben auf dem Berg gehört worden sein soll. Dieses Gepolter wird von Ohrenzeugen mit dem Toben und Brausen eines schrecklichen Sturmes verglichen. Kurz vor dem Ausbruch will man in der Nähe des Berges bisweilen eine schwarze Gestalt, auch wohl eine feingekleidete Jungfrau gesehen haben.

Nahe an der Rumpelskuppe befindet sich eine kesselförmige Vertiefung, die Hexenkaute, auch Silberkaute genannt. Hier wird am 1. Mai in der Mitternacht großes Gastgebot und Hexentanz gehalten. Der Meister führt strenge Aufsicht über Musik und Tanz. Wer z. B. um eine Viertelstunde zu spät erscheint, beim Tanz einen Fehltritt tut usw., bekommt zur großen Belustigung aller Gäste eine gewisse Anzahl Besenhiebe. Die Tracht der Teilnehmer besteht in einem langen schwarzen Kleid mit einem Strohgürtel und einer Haube, unter welcher ein langer Haarzopf herabfällt. Es wird getanzt, gesungen, gelärmt und allerhand Unfug getrieben, zuletzt der Rest der Mahlzeit für die Rückreise eingepackt und, nach gegenseitigem Anwünschen eines fröhlichen Wiedersehens für das nächste Jahr, auf stumpfen Besen und Hähnen pfeilschnell wieder weggeritten.

Die Hexen kommen stets an solchen Orten zusammen, an denen in altgermanischer Zeit Gericht gehalten und geopfert wurde; auf dem Bechelsberge aber war eine alte Ziegenhainische Gerichtsstätte.

Ackersegen.

An der Schwalm setzt die Hausfrau beim Krautsetzen die drei ersten Pflanzen dreimal, rauft sie dreimal wieder aus, wirft sie dann weg und sagt dazu im Stillen:»Wul, die freß', Wild, die freß', Raupe, die freß', an die hier gesetzten kommt ihr mir nicht, im Namen Gottes, des Vaters, des Sohnes und des Heiligen Geistes, Amen!« Das Krautfeld, glaubt sie, werde dann von Wild und Raupen verschont bleiben.

Jagender Spuk

1651 kam des Rentmeisters von Borken Landknecht: Johann, zubenamet der Rühling, von Kassel zurück, wohin er seinem Herrn etliche Rechnungen getragen. Als er hinter Fritzlar in die Hecke neben der Kalbsburg kommt, hört er jemanden jagen und ins Horn blasen; auch viele Hunde bellen und ihm näher kommen.

Johann, der zu Fritzlar einen guten Rausch getrunken, schreit dem Jäger nach; und alsbald streicht ein gewaltig starker Hirsch mit etlichen Hunden vor ihm her. Darauf kommt ein Mann in ledernem

Wams mit einer Axt, den jener für einen Zimmermann aus Borken ansieht. Da er ihn nun aber anredet, hat der doch Johannen keine Rede gestanden, sondern ist eilends vorübergegangen. Da kommt ein Jäger, dem Landknecht unbekannt, auf diesen zu, greift mit einer Hand, so kalt wie Eis, dem Rühling von der Stirn durch den Bart herab, so daß der schwer erschrocken schnellen Ganges nach Borken läuft; wo er sich dann gleich, weil es schon späte Nacht geworden, zu Bett legt.

Am Morgen aber sah jedermann, wie des Jägers Finger übers ganze Gesicht rote Striche gegriffen hatten; und wo die Finger durch den Bart gegangen, war es glatt und nicht ein Härlein zu schauen. Ist auch keins wieder daselbst gewachsen. Der Rühling war ein recht Weltkind, so nach niemandem fragte; und starb über etliche Jahre hernach.

Maifeier.

Die uralte Sitte der Maifeier hat noch hin und wieder in Deutschland sich erhalten, obwohl das Volk längst schon ihre Bedeutung nicht mehr kennt, und darin nur noch ein Zeugniß seiner Anhänglichkeit an das Althergebrachte an den Tag zu legen scheint.

Unsere Alten feierten den Einzug der schönen Jahreszeit, indem sie bald den Kampf des Winters mit dem Sommer personifizirt darstellten, bald den Winter als Popanz mit Gesang und Spiel austrieben oder auch die Ankunft des Sommers durch Holen des Maies feierlich begrüßten. Das Letztere mag in Hessen, wenigstens in Niederhessen, ziemlich allgemein der Fall gewesen sein; woher sonst wohl der Gebrauch, den wir fast in jeder Stadt, in jedem Dorfe treffen, die Häuser und Kirchen um Pfingsten mit duftenden Birkenzweigen (Mai) zu schmücken? Aber wie in Schwaben die Kinder mit Sonnenaufgang in den Wald ziehen, Knaben und Mädchen, seidene Tücher an Stäben und Bänder an Zweigen tragend, einen Maikönig und eine Königin an der Spitze, so hat auch in dem niederhessischen Städtchen Wolfhagen diese Feier noch ähnlich sich erhalten, doch mit dem Unterschiede, daß hier nur die Knaben bis zu 14 Jahren in den Wald ziehen und der Name »Maikönig« nicht mehr üblich ist.

Schon vorher wählen die »Maijungen« ihre Offiziere, einen ersten und einen zweiten, und ihre Fahnenträger. Am Freitag vor Pfingsten früh mit Sonnenaufgang verkünden ein Trommler und ein Pfeifer durch eine Reveille den Knaben den langersehnten Anbruch des Maitages.

Auf dem Markte ist der Sammelplatz. Die größeren Knaben, darunter 4-6 als Zimmerleute verkleidete, mit Schurzfellen und dreieckigen Hüten, Tornister auf den Rücken, ziehen in den Wald, von dem Stadtförster und einer Magistratsperson begleitet. Die Letzteren überweisen die Bäume, welche von einem Holzhauer gefällt, auf einen Wagen geladen und nach der Stadt gefahren werden. (Früher trugen die Knaben den Mai auf den Schultern nach der Stadt und warfen die Büsche dann bis zur Vertheilung vor der Kirche zusammen.) Vor der Stadt werden sie von den übrigen »Maijungen« mit lautem Jubel empfangen und bis vor die Kirche geleitet, worauf der Wagen dreimal um dieselbe und dann unter stetem Trommel- und Pfeiffenklang und Hurrahrufen durch alle Gassen der Stadt gefahren wird. Die Ordnung dabei ist folgende: Der Wagen mit dem Mai voran, die Pferde mit Zweigen und bunten Bändern geschmückt, dann Trommler und Pfeifer, darauf die Zimmerleute, nächst diesen der erste Offizier, als oberster Befehlshaber, dem dann, je zwei nebeneinander, der lange Zug der andern Knaben folgt, dazwischen die zwei oder drei Fahnenträger und nebenher der zweite Offizier; Alle sind militärisch gekleidet mit Tschakko's, Epaulettes, Degen oder kleinen Schießgewehren und sonst mit buntem Flitterwerk herausgeputzt und die Fahnen mit Bändern aller Farben im Uebermaß behangen. Diese militärische Organisation ist aber sicher noch nicht alt und mag erst nach dem dreißigjährigen Kriege aufgekommen sein, wo Wolfhagen eine fast ständige Garnison erhielt, die erst zu Anfang dieses Jahrhunderts wieder verlegt wurde. – Nachdem nun der Zug an der Kirche wieder angekommen ist, beginnt die Vertheilung des Maies. Zuerst wird die Kirche ausgeschmückt, die Schule, Pfarre und das Rathhaus bestellt, dann geht es an den Magistrat und die andern Beamten und Bürger der Stadt, bei denen auf ein gutes Geschenk zu rechnen ist. Die Zimmerleute tragen die Bäume und stellen sie vor den Häusern auf und ein Offizier geht hinein und empfängt die Geschenke, wovon die Kosten des Festes bestritten werden. Endlich ist die Stadt versorgt und nun geht es nach dem eine halbe Stunde entfernten von Malsburgschen Gute Ellmarshausen, wo das Schloss, die Pachterwohnung und andere ebenfalls mit Mai umstellt werden. Erst gegen zwei Uhr nachmittags kehren die Knaben von da zurück und damit ist das Fest zu Ende. Der Mai bleibt aber in der Kirche und vor den Häusern stehen bis die Pfingstfeiertage vorüber sind.

In Ehlen ziehen die Confirmanden jährlich am Pfingstsonnabend in den Wald, um Mai zu holen, womit sie die Kirche schmücken. Früher, ehe die Forstbehörde Strafe darauf setzte, holten dort auch die erwachsenen Burschen große Maibäume und pflanzten sie in der Pfingstnacht unter dem Fenster ihrer Auserwählten auf.

Der Teufel im Himmerich

Zwischen dem Städtlein Homberg an der Ohm und dem adligen Haus Schweinsberg, gegn die beiden Dörfer Ofleiden, heiß der Grund das „Himmerich" und die „Wolnbach", und haben sich dabevor Gespenster sehen lassen. Auch sind zu verschiedenen Zeiten, soweit man darüber Kundschaft hat, große Stücke vom Berg heruntergerutscht und viele Aecker und Wiesen mit Bäumen und Sträuchern untergesunken und von Grund aus umgelegt worden, so daß jetzt der Platz ganz eben ist. Das hat der böse Feind gethan, der hat daselbst seine Hantierung, und bisweilen sieht man ein frisches Feld um gebrochen, als ob es eben geackert wäre. Es ist schon lange, daß die Alten sagen: „Im Himmerich fährt der Teufel zu Acker", und: „Ein Sprichwort – ein wahr Wort"! – dabei bleibt's.

Die Weiße Frau

Die Stadt Homberg wurde einst hart belagert und unter den Bürgern fanden sich sogar etliche, die hielten es mit dem Feind. Auch der Türmer auf dem Schloßberg gehörte zu den Verrätern. Er konnte von seiner Wohnung aus die Bewegungen der Belagerer am ehesten beobachten und sein Amt erforderte es, daß er zu jeder Zeit der Stadt von einer drohenden Gefahr Kunde gab. In der Nacht aber, wo verabredetermaßen ein Sturm auf die Mauern von Homberg geschehen sollte, auch alles dazu vorbereitet war, unterließ der bestochene Türmer das Blasen mit dem Horn und die Stadt wäre verloren gewesen, wenn nicht die Magd des Türmers durch ihren angstvollen Ruf die Bürger aus dem Schlummer geweckt hätte. Sie konnte zwar nur auf der einen Seite des Schloßturms das Wächterhorn erschallen lassen, da die andern drei Seiten vom Türmer verschlossen waren. Dieser stürzte die Magd, weil sie seine böse Absicht vereitelt, in den vierundzwanzig Klafter tiefen Schloßbrunnen, aber die Feinde mußten unverrichteter Dinge abziehen. Seit dieser Zeit erscheint alle sieben Jahre auf dem Schloss eine weiße Frau und der Türmer darf bis heute nur auf drei Seiten die Stunde abrufen. Sollte er es wagen, auch auf der vierten Seite zu blasen, dann würde ihm die weiße Frau den Hals umdrehen.

Schätze im Kesselsboden.

An vielen Orten glaubte und glaubt noch immer der Volkswahn Schätze verborgen. Wo ein Schatz liegt, da wird bei dunkler Nacht ein stilles Feuer gesehen; wer sich dem geräuschlos nähert und ohne ein Wort zu reden ein Tuch darüber hinwirft, kann den Schatz heben. Stillschweigen ist Bedingung, beim ersten Laut ist Alles spurlos verschwunden und jede Nachgrabung vergebliche Mühe.

Hinter Homberg liegt seitwärts von Holzhausen ein Wald und davor ein großes Triesch mit einer kesselförmigen Vertiefung, der Kesselsboden genannt, worin große Schätze verborgen liegen sollen. Einigemal sind Leute von Homberg hingewesen und haben nachgegraben und den Schatz glücklich gehoben; immer aber, wenn sie bis vor's Stadtthor gekommen waren, rief es hinter ihnen:»Hast du'n? hast du'n?« Und der Erste, der schon durchs Thor war, antwortete:»Ja!« in der Meinung, sein Kamerad frage ihn, und da war der Schatz wieder verschwunden. Hätte aber der Erste nicht eher geantwortet, bis der Zweite auch zum Thore herein gewesen wäre, dann konnte ihnen der Schatz nicht mehr entgehen.

Das Schicksalsstübchen auf dem Burgberg

Zwei Knaben hatten sich im Eifer der Jugend bis an die Ruinen einer alten Ritterburg hinaufgespielt und suchten dort zwischen Brombeerranken und moosigen Felstrümmern ihr Versteck. Noch atemlos vom Aufstieg entdeckten sie eine eisenbeschlagene Pforte unter einer halbverschütteten Treppe, nahmen sich ein Herz und hängten sich an die schwere Klinke. Knarrend wich die Tür ihrem vereinten Druck, und während sich ihnen das Netz einer Spinne über Gesicht und Haare klebte, traten sie beklommenen Mutes in den dämmerigen Raum. Hier fanden sie alles so überraschend niedlich und wohlgeordnet, von der dunklen Holzdecke bis zu den Truhen, steifen Stühlen und bunten Fensterscheiben, daß sie auch beim Anblick der Frau, die weiß gekleidet am Spinnrad saß, kein Grauen empfanden.

Die Gestalt winkte die Knaben freundlich heran, fragte sie nach ihren Eltern, wobei sie mitleidig nickte, als sie vom frühen Tod des Vaters hörte; denn die Knaben waren die Söhne einer armen Witwe. Zutraulich erzählten sie von der häuslichen Armut und von dem fleißigen Tagewerk der Mutter, von Schule, Dorf und ihren kleinen Abenteuern, daß die Alte recht ihre Freude daran hatte. So schenkte sie denn jedem zum Abschied eine Handvoll Flachsknoten, strich ihnen über die blonden Schöpfe und hieß sie mit freundlichem Gruß wieder gehen.

Es war spät geworden, und die Mutter hatte schon sorgenvoll in der Haustür gestanden, als die Jungen endlich, noch ganz erfüllt von dem seltsamen Vorfall in der alten Burg, der Mutter schmeichelnd um den Hals fielen. Sie erzählten ihr das wunderbare Erlebnis und zeigten die schönen Samenknöpfe. Die Mutter ahnte gleich, welche Bewandtnis es mit diesen Gaben habe, und verschloß das Geschenk der Frau Holle in ihrer Lade.

Am nächsten Morgen waren die Knoten in lauter blanke Dukaten verwandelt. So arm die Frau auch war, dies Geld legte die sorgsame Mutter zurück; denn ihre Jungen sollten einmal was Rechtes damit beginnen.

Solcherart hatten die Brüder bisher ein gleiches Geschick. Aber sie waren doch allzu verschieden geartet. Der ältere strebte einem ehrsamen Handwerk zu und lernte seinem Meister mit Fleiß die Geheimnisse seiner Kunst ab. Der jüngere machte sich lieber bequeme Tage. So kam die Zeit der Wanderschaft heran. Der ältere ließ sein Vermögen zu Hause in Mutters Kasten, tat sich fleißig in der Welt um, lernte noch manchen Kunstgriff in seinem Handwerk dazu, war tüchtig und sparsam und kehrte drei Jahre später geachtet als Meister zurück.

Der jüngere Bruder zog auch in die Welt, steckte aber das Gold der Frau Holle in die Tasche, lebte auf großem Fuß und hatte sein Geld bald in lustiger Gesellschaft vertan. Als er dann unbelehrt zurückkam, dachte er:»Gleich gehst du wieder ins Schicksalsstübchen und holst dir Nachschub, « lief auf den Burgberg, suchte in allen Winkeln die verborgene Kammer, rief nach der Spinnerin und wollte und wollte nicht unbeschert weichen. Als er aber gar nicht aufhörte mit seinem Bettelgeschrei, knallte ihm plötzlich eine Backpfeife in das Gesicht, daß ihm alle Sinne vergingen und er den Abhang hinunterkollerte. Zu Hause erschien ein roter Fleck auf der geschlagenen Wange; der wollte vor keiner Seifenlauge vergehen und hat sich auch auf Kinder und Kindeskinder fortgeerbt als ein Zeichen der Torheit.

Ein Gottesurtheil.

Im Jahr 1665 kam in einem Dorfe des Amtes Homberg ein Mädchen heimlich nieder. Weil man das Kind bei der Mutter todt fand, so beschuldigte man diese, es ermordet zu haben. Um sich hiervon zu überzeugen, nahmen die Bauern das Kind und legten es in die Arme der Mutter und ließen dieselbe mit ihrer Rechten des Kindes Rechte erfassen, um zu vernehmen, ob es ein Lebenszeichen von sich geben wolle, ob es vielleicht über sich schieße oder unten hinaus, welches aber nicht geschehen, woraus die Leute des Orts geurtheilt, daß sie an des Kindes Tode unschuldig sei.

Storch hilft löschen

Im Jahr 1597 in der Erntezeit ist in der Stadt Homberg an der Ohm ein Feuer aufgangen, und fast der halbe Teil gegen die Stadtpforten von der Untergasse an bis hinaufwärts gegen das Schloss eingeäschert worden, wobei dann dieses besonders notabel, daß die Störche, in währendem Brand, zu einem Haus, worauf sie ihr Nest gehabt, Wasser im Mund herbeigeführet und in den Brand abgespeiet, gleichsam dadurch ihr Herberg zu salvieren.

DieMaultrommeln zu Romrod

Es läßt sich nicht gerade alles verbieten und mit Gewalt abschaffen, aber mit guter Manier und kurzen, treuen, freundlichen Worten, ohne langes Gerede und Senfmalen isst bei unsern Vätern viel durchgesetzt worden und ließe sich auch wohl noch heutigen Tags manches durchsetzen

Zu einer Zeit, es mögen wohl an die zweihundert Jahre darüber hingegangen sein, waren zu Romrod in Hessen die Maultrommeln in die Mode gekommen. Jeder junge Bursch führte ein solches Instrument und sumste und brumste bei Tag und bei Nacht den andern Leuten die Ohren voll. Das ward nun freilich vielen, die gern geschlafen hätten, aber vor dem Summen und Klingen und Singen – denn gesungen wurde auch dazu – nicht schlafen konnten, nicht lieb, aber man ertrug es, und gönnte den jungen Leuten diesen harmlosen Erguß ihrer jugendlichen Fröhlichkeit. Da trat Landestrauer ein, während deren alles laute, lustige Leben billig verboten wird; aber ließen sich die Maultrommeln, die allerdings nicht zu der Trauer stimmten, auch geradezu verbieten? Auf diese Frage mit Ja zu antworten ist leicht, und das Verbieten ist auch leicht; aber ein noch leichteres Mittel wußte der alte aufrichtige Edelmann von Schetzel, dazumal Oberforstmeister und Amtmann zu Romrod. Als er einst aus der Predigt kam, forderte er die Gemeinde vor der Kirchentür zusammen und sagte: „Ihr Nachbarn, es ist ein Schreiben von Darmstadt kommen, daß ein fürstlich Fräulein (eine Prinzessin) gestorben sei, und soll drei Mondt lang alles Saitenspiel eingestellt werden. Ob aber die Maubrummen auch unter das Saitenspiel gehören, das weiß ich nicht." Und keine Maultrommel ließ sich weiter in Romrod hören.

Würden wir jungen Leute heutiges Tages auf gleiche Ansprache Gleiches thun?

Weiße Frau zu Burggemünden

Einer armen Bauersfrau zu Burggemünden erschien zur Zeit des letzten französischen Krieges, es war in den Fasten, in ihrem Hause eine weiße Frau und bat sie mit gar beweglichen Worten um ihre Erlösung. Sie sagte ihr, jetzt, während des Krieges, sei dazu die ersehnte beste Zeit vorhanden, gehe die unnütz vorüber, dann müsse hundert Jahre weiter ohne Ruhe umgehen. Um ihr von ihrer Verwünschung zu helfen, solle sie sich noch zwei Leute erwählen, die aber schweigen könnten, und mit denselben bei einem Hause im Dorfe und auf dem Mühlberg, an einem Platze, der ihnen gewiesen werden sollte, nachgraben. Da liege ein verborgener und längst vergessener Schatz in einer großen, eisernen Kiste, den könnten sie heben und als Lohn der Erlösung für sich behalten. Auch lehrte sie die weiße Frau ein Lied, das bei solchem Thun müßte gebetet werden. Die dumme Weibsperson aber, die weder lesen, noch schreiben konnte, merkte sich zwar die Worte desselben, aber von der wunderlichen Geschichte zu schweigen, daß war ihr zuviel zugemutet. Sie plapperte das Geheimnis bei jedermann aus, der's hören wollte, und erfüllte damit die ganze Gegend, hatte aber auch den Schaden alsbald zu erfahren. Die weiße Frau kam nicht wieder und mit dem Schatzfinden war es auch nichts!

Der Kroppenhans

Von einem Platz bei Burggemünden, die lange Gasse genannt, erzählt das Volk, daß dort viel ungerechte Heller vergraben lägen und auch der Kroppenhans umgehe. Die Todtenfrau des Ortes kam einmal im Sommer vor Mitternacht dort vorüber und sah von weitem etwas ganz Helles im Grase leuchten, als wären es Johannisgleimchen (Johanniswürmchen); wie sie aber näher trat, war es ein großer Haufen Goldstücke, feurig glänzend, als wären sie eben frisch geprägt worden, sonst aber allesamt so dünn wie Fischschuppen. Sogleich trat aber auch der Kroppenhans herzu. Es war ein spindeldürrer Kerl, mit einem langen Geisbart und spitzer Nase, auf dem Kopf eine hohe Kappe mit langer, ritzeroter Feder. Der hielt ihr ein aufgeschlagenes Buch entgegen, „Schreib deinen Namen hinein", sagte er zu der Todtenfrau, „so wird das Alles hier dein." – Allein diese, die den rechten Bescheid von der Sache wußte, wollte nicht, sondern fing beherzt an zu beten: „Ich glaube an Gott, den Vater, und Jesum Christum …" Wie sie das Wort sprach, verschlang mit einem Ruck die Erde das viele, viele Geld vor ihren Augen, und der Kroppenhans fuhr in die Luft, und um sie her gab es ein greuliges Geschrei, und solch einen Wind, als wären alle Bäume im Wald auf einen Schlag umgefallen. Sie aber eilte, vom Grauen erfaßt, heimwärts.

Der Bauer mit seinem Kobold

Ein Bauer war seines Kobolds ganz überdrüssig geworden, weil er allerlei Unfug anrichtete; doch mochte er es anfangen, wie er immer wollte, so konnte er ihn nicht wieder loswerden. Zuletzt ward er Rats, die Scheune anzustecken, wo der Kobold seinen Sitz hatte, und ihn zu verbrennen. Deswegen führte er erst all sein Stroh heraus, und bei dem letzten Karrn zündete er die Scheune an, nachdem er den Geist wohl versperrt hatte. Wie sie nun schon in voller Glut stand, sah sich der Bauer von ungefähr um, siehe! da saß der Kobold hinten auf dem Karrn und sprach:»Es war Zeit, daß wir herauskamen! Es war Zeit, daß wir herauskamen!« Mußte also wieder umkehren und den Kobold behalten.

Der Kobold zu Hachborn.

Kurt, ein Pachter zu Hachborn, zwischen Marburg und Treis, wich auch nach seinem Tode nicht von dem Gehöfte und mischte sich als guter Geist in die Feldarbeiten. In der Scheune half er dem Knechte die Garben von dem Gerüste werfen; wenn der Knecht eine geworfen hatte, warf Kurt die andere. Als einmal ein fremder Knecht hinaufgestiegen war, half er jedoch nicht und auf den Ruf:»Kurt wirf!« ergriff er den Knecht und warf ihn die Tenne hinab, daß er die Beine brach.

Die Räderburg.

In Oberhessen lag dicht an der kurhessischen Grenze bei dem Dorfe Rosberg die nur noch an sehr wenigen Schuttresten und an ihren Ringwällen erkennbare Räderburg. Ein tiefer sumpfiger Graben macht sie fast unzugänglich. Alte Waffen sind dort gefunden worden und noch vor 60 bis 70 Jahren will man die Ritter der Räderburg mit großem Getöse ein- und ausziehen gehört haben.

Versunkenes Dorf.

Einige hundert Schritte hinter dem Schlosse Nordeck in Oberhessen liegt seitwärts am Walde der Hilbersdorfer Teich. Vor alter Zeit soll da ein Dorf Hilbersdorf gestanden haben, welches durch ein Erdbeben unterging. An der Stelle des mit andern großen Felsmassen versunkenen Dorfes kamen mehrere Wasserquellen zum Vorschein, woraus der Hilbersdorfer Teich entstand.

Der hohe Stein.

Wenn man sich von dem von Rauischen Schlosse Nordeck in Oberhessen nördlich wendet, gelangt man zur hohen Eiche und erblickt dort grausenerregende Felsmassen, welche beim Herabstürzen hier und da hängen geblieben sind und nun schon Jahrhunderte in der Luft zu schweben geschienen haben. Die geringste Erschütterung würde den Einsturz der ganzen Felsmasse nach sich ziehen. Unter dem gemeinen Manne geht die Sage, daß an diesem Platze, dem s.g. »hohen Steine«, der Teufel sein Unwesen treibe und unter mancherlei schreckhaften Gestalten den einsamen Wanderer verfolge.

Das Raubschloss bei Grünberg

Eine halbe Stunde östlich von Grünberg im Waldrevier Tiergarten liegt eine Waldhöhe, welche das Raubschloss heißt. Da soll in alten Zeiten ein Schloss gestanden haben, wovon jedoch kaum noch einige Mauerreste übrig sind. Abends zeigt sich auf dieser Höhe eine weiße frau mit einem Bund Schlüssel. Wenn sich jemand der Gegend naht, winkt sie ihm und schließt die Erde auf, um erlöst zu werden; doch wagte es bis jetzt noch Niemand, sich mit ihr ein zu lassen und mit ihr unter die Erde hinab zu steigen.

Das Antoniterkloster zu Grünberg.

Das frühere Antoniter-Kloster zu Grünberg ist jetzt in ein Schloss verwandelt, und seit Jahren wohnt der Landrichter und Rentmeister darin. In mancher Nacht hat der Bäcker, der „in den Höfen" wohnt, den einen Flügel desselben, der unbewohnt ist, erleuchtet gesehen, und eine himmlische Musik gehört, die von keinem Sterblichen herrührte.

Die ledige Schwester eines Rentmeisters war in der Adventszeit lange aufgewesen, so daß es gegen Mitternacht sein mochte. Unvermerkt that sich da auf einmal die Thür des Zimmers auf, und zwölf weiße Jungfrauen traten herein, eine schöner als die andre. Sie stellten sich in einem Kreis um sie herum und hoben einen Gesang an, der lautete so süß und wunderschön, das es nicht zu sagen ist.

Das Mädchen traute seinen Augen und Ohren nicht, und fiel aus einer Verlegenheit in die andere, weil es nicht wußte, wo es mit dem Ding hinaus wollte. Endlich sagte es mit großer Befangenheit: „O, welche ein hoher Besuch ist das!" Da war die Erscheinung ebenso schnelle fort, als sie gekommen war, nur einen Augenblick hallte der Gesang draußen auf der Hausflur nach, bis er verging.

Heim leuchten

In Lautenau lebte einmal ein wüster und wilder Mann, der lag den ganzen Tag im Wirtshaus und wenn er abends heim kam, ritt er mit dem Gaul in die Stube hinein bis vor seiner Frauen Bett. Eines Abends spät, auf dem Heimwege, sah er auf einer Wiese zwei Heerwische tanzen, und weil es dunkle Nacht war, so rief er ihnen zu, sie sollten ihm heimleuchten, er wolle ihnen zwei Kreuzer geben. Da kamen die beiden Flämmchen herbeigeschossen und tanzen auf dem ganzen Wege vor ihm her und leuchteten so gut, dasz das Pferd an keinen Stein stieß. Als der Mann aber zu Hause ankam, ritt er hinein, riegelte die Thüre hinter sich zu, ohne den Herrwischen den bedungnen Lohn auszuzahlen. Diese warteten eine Zeitlang drauszen, dann aber flogen sie wider das Fenster und wurden ihrer so viele und fingen an, so zu toben und zu wirtschaften, dasz der Mann jeden Augenblick glaubte, die hätten ihm das Haus über dem Kopf angesteckt. Mit Zittern und Zagen reichte er die zwei Kreuzer hinaus, da gab's Ruhe. Der Mann hat sich aber nicht mehr von Irrwischen den Weg weisen lassen, sondern sich in Zukunft lieber selber heimgeleuchtet mit einer Laterne, was nicht mehr oft geschah, denn er wurde von der Zeit an ein gesetzter Mann und blieb Abends daheim.

Der Niesgeist von Grünberg

In der Gegend von Grünberg lag in einem Walde vordem ein Raubschloss, von welchen jetzt kaum noch eine schwache Spur übrig ist, über das aber in dem Munde des Volkes mancherlei Geschichten umgehen. In einer dunklen Nacht ging ein Mann an dem Rande des Waldes entlang seinem Heimatdorfe zu. Plötzlich hörte er neben sich im Walde niesen, und im Glauben der Niesende sei ebenfalls ein Wanderer, den er der Dunkelheit halber nicht sehen konnte, sagte er: ‚Gott helf'! ' Keine Antwort erfolgte, aber nach einiger Zeit nieste es zum zweiten Male, und wie es schien, noch näher als vorhin. Der Mann, obschon ärgerlich, daß ihm vorhin nicht gedankt worden war, sagte nochmals: ‚Gott helf'! ' Wieder keine Antwort; aber gleich darauf nieste es zum dritten Mal. ‚Nun, ' rief der Mann im Zorn, ‚wenn dir Gott nicht helfen soll, so mag dich der Teufel holen! ' Da erhob sich eine klagende Stimme und sprach: ‚Hättest du zum dritten Male ‚Gott helf'! ' gesagt, so wäre ich erlöst gewesen. Seit dreihundert Jahren wandere ich in diesem Walde und warte vergebens auf Erlösung; nun aber muss ich weiter wandern hundert Jahre. ' Und heulend und klagend verlos sich die Stimme in der Tiefe des Waldes.

Der wilde Fraustein

Der wilde Fraustein befindet sich im Walde zwischen Grünberg und Laubach, und man sieht daselbst einen sehr großen, platten Stein, in welchem eine Vertiefung ist, die dem Griff einer menschlichen Hand gleicht. Ehedem wohnte nämlich da ein wilder Mann und ein wilde Frau, die man bei einem Topfe oft ihre Arbeit verrichten und kochen sah. Der Mann verließ aber die Frau, ging fort ins Wirtshaus und kam nicht wieder, so daß die Frau in ihrem Zorn ihm den Felsblock nachwerfen wollte. Davon behielt er den Eindruck ihrer Hand bis auf den heutigen Tag,

Die Pfingstweide vor Klein Eichen

Wenn man die Anhöhe herabsteigt, die zwischen Groß- und Klein-Eichen liegt, so hat man eine grasige Niederung vor sich, welche die „Pfingstweide" heißt. Nebenan hat früher das Bornwäldchen gestanden und in dieser Gegend sollen anfangs die Leute von Klein-Eichen zuerst angesiedelt gewesen sein, ehe sie neben Lardenbach in den Grund bauten. An diesem Platze ist's nie recht geheur gewesen. Ehemals stand daselbst ein uralter, unten geborstener Lindenbaum, gerade über einer Quelle, deren Wasser durch den hohlen Stamm sich zuletzt einen Ausweg suchte und mit leisem Gemurmel weiter floß. Aus diesem Born kam immer im Herbst um die Mittagszeit ein grau oder weiß gekleidetes Weibchen hervor, das sah man dann in dem Wässerlein des Thales seine Wäsche halten. Jetzt ist's aber schon lange her, seitdem man von diesem Weibchen nichts mehr gesehen und gehört hat.

Das Necken der Heerwische

Das junge Volk von Großen-Eichen war einmal auf der Heßlers-Mühle bei einander am Sonntag-Abend und machte sich lustig. Da sahen sie „im Elben-Grund" viele Heerwische auf- und abfliegen. Ein muthwilliger Junge machte das Fenster auf und rief ihnen aus Hohn zu: *„Irrwisch, Irrwisch feurio*
komm und schmeiß mich blitzeblo'!"

Aber er wußte nicht, was er that. In hellen Haufen kamen die Heerwische herbei, flatterten mit ihren feurgen Flügeln vor den Gläsern (d.h. Fenstern) und der Thür herum und wollten absolut hinein dringen. Der Jugend verging das Lachen. Sie hielten Fenster und Thüren zu und standen Todesängste aus. Niemand getraute sich in der Nacht nach Hause. Am Morgen, als sie heim wollten, lag es vor den Fenstern, der Thür und auf dem ganzen Hofe weiß von Menschen-

knochen, daß man nicht wußte, woher das Todtenzeug alle herge-
kommen war. Seitdem hat man sie in Ruhe gelassen. Andere sagen,
der Knecht der Mühle habe dem Heerwisch zugerufen:

„Heerwisch, fleug ausena, as wäi Hoawerspra."

Als er nun des Morgens in die Scheuer geht, und die Tennleiter
hinaufsteigen will, fährt er entsetzt zurück. An jedem Sprissel derselben hängt nämlich ein Todtenknochen.

Die Teufelshecke bei Groß-Eichen

An der Teufelshecke, einem Wald bei Großen-Eichen nach Höckersdorf zu, ist nach der Sage der Alten immer der böse Feind umge-
gangen. Man hat auch oft daselbst überirdische Feuer brennen sehen.
In später Sommerzeit kam ein Mann aus dem Dorfe von Höckersdorf
zurück, und sah auf der Gannwiese bei der Teufelshecke einen großen,
schwarzen Mann hantieren, der ganz stille und eifrig die Wiese mähte,
so daß sie voller Schwaden lag, einer höher als der andere. Dem
Großen-Eichener kam das Ding zwar sehr aparti vor, doch getraute er
sich nicht, den unbekannten und unheimlichen Gesellen anzureden.
Am Morgen aber ging er unter allerlei Betrachtungen hinaus, um zu
sehen, was der Märe sei, allein da stand die ganze Wiese noch
unversehrt, kein Sensenhieb war darauf gethan und kein Gräslein auf
dem Boden geknickt.

Frau Hollen Teich

Auf dem Hessischen Gebirg Meißner weisen mancherlei Dinge schon
mit ihren bloßen Namen das Altertum aus, wie die Teufelslöcher, der
Schlachtrasen, und sonderlich der Frau Hollenteich. Dieser an der
Ecke einer Moorwiese gelegen hat gegenwärtig nur 40 – 50 Fuß
Durchmesser; die ganze Wiese ist mit einem halb untergegangenen
Steindamm eingefaßt und nicht selten sind auf ihr Pferde versunken.

Von dieser Holle erzählt das Volk vielerlei, gutes und böses. Weiber,
die zu ihr in den Brunnen steigen, macht sie gesund und fruchtbar; die
neugeborenen Kinder stammen aus ihrem Brunnen und sie trägt sie
daraus hervor. Blumen, Obst, Kuchen, das sie unten im Teiche hat und
was in ihrem unvergleichlichen Garten wächst, teilt sie denen aus, die
ihr begegnen und zu gefallen wissen. Sie ist sehr ordentlich und hält

auf guten Haushalt; wann es bei den Menschen schneit, klopft sie ihre Betten aus, davon die Flocken in der Luft fliegen. Faule Spinnerinnen straft sie, indem sie ihnen den Rocken besudelt, das Garn wirrt, oder den Flachs anzündet; Jungfrauen hingegen, die fleißig abspinnen, schenkt sie Spindeln und spinnt selbst für sie über Nacht, daß die Spulen des Morgens voll sind. Faulenzerinnen zieht sie die Bettdecken ab und legt sie nackend aufs Steinpflaster; Fleißige, die schon frühmorgens Wasser zur Küche tragen in reingescheuerten Eimern, finden Silbergroschen darin. Gern zieht sie Kinder in ihren Teich, die guten macht sie zu Glückskindern, die bösen zu Wechselbälgen. Jährlich geht sie im Land um und verleiht den Äckern Fruchtbarkeit, aber auch erschreckt sie die Leute, wenn sie durch den Wald fährt, an der Spitze des wütenden Heers. Bald zeigt sie sich als eine schöne weiße Frau in oder auf der Mitte des Teichs, bald ist sie unsichtbar und man hört bloß aus der Tiefe ein Glockengeläut und finsteres Rauschen.

Rutscherzins.

Zu Lauterbach wurde jährlich auf heiligen Dreikönigstag ein angeboten und ungehegtes Gericht gehalten, welchem der Kämmerer von Fulda vorsaß. Die Hübner des Gerichts hatten jedesmal ein Schwein,» Goldferch« genannt, so rein, als ob es mit Milch aufgezogen sei, dem Gericht zur Mahlzeit zu liefern. Zu dieser Mahlzeit hatte der Kämmerer zu laden die Müller aus der Großmühle zu Angersbach und aus der Klink- und Ziegelmühle zu Lauterbach. Die Müller durften ihre Weiber mitbringen, welche ihre besten Kleider anthun und ein Wachsopfer geben, oder stattdessen 30 Kr. zahlen mußten. Dieser Zins hieß Rutscherzins und mußte am Gerichtstage zwischen 11 und 12 Uhr mittags bezahlt sein, widrigenfalls er von Stunde zu Stunde jedesmal um das Doppelte wuchs.

Die Kornmännchen

In Rixfeld und sonst noch im Gebirg glaubt man, daß kleine Männchen, die aber uralt aussehen und gar boshaft sind, im reifen Korn wohnten und namentlich den Kindern, die sich hereinwagen, allerlei Possen spielen. Die Frauen brauchen die Kinder gar nicht davor zu warnen, sie haben schon Respekt genug vor ihnen.

Das Schloss in der Kirche zu Herbstein.

Auf bedeutender Höhe, aber gleichwohl immer noch von höhern
Bergen umgeben, liegt in einer Art Bergkessel das früher zu Fulda
gehörige Städtchen Herbstein; an der Wand der dortigen Kirche ist
heute noch ein Hängeschloß mit Ketten aufgehängt zu sehen, worüber
folgende Sage erzählt wird.

Bis zum Jahre 1568 widerstand dieses Städtchen allen
Aufforderungen, den alten Glauben zu verlassen und dem Lutherthum
Zugang in seine Mauern zu gewähren. In diesem Jahre lebte hier ein
frommer Geistlicher, Ludwig Reitz, der aber in dem Rufe stand, viel
Vermögen zu besitzen. Nun hielt sich aber in der Nähe der Stadt ein
gefährlicher Räuber auf, Namens Johann Leiningen, der sich schon
lange mit dem Plane getragen hatte, den armen Priester gefangen zu
nehmen um ein gutes Lösegeld von ihm zu erpressen. Einst begab sich
derselbe hinaus auf eine ihm gehörige Wiese, um bei der Heuernte
mitzuhelfen. Dies hatte der Räuber erfahren, er sprengte also dorthin,
ritt den armen Mann nieder und ließ ihn durch seine Leute in den
nahen Wald schleppen. Hier wurde ihm eine Kappe über den Kopf
gezogen, man setzte ihn auf ein Roß und führte ihn immer in dem
Walde hin und her um ihn in Bezug auf den Ort, wo er sich befand,
irre zu machen und ihm den Glauben einzuflößen, als befinde er sich
in großer Entfernung von Herbstein. Hierauf machten sie in dem
mitten im Walde gelegenen Raubschlosse Leiningen Halt, legten ihm
Fesseln an Hand und Fuß und singen an ihn mit Nadeln und spitzen
Messern so lange in die Hände zu stechen und ihn auch sonst mit dem
Tode zu bedrohen, bis er versprach, ein Lösegeld von tausend Gulden
zu zahlen. Er mußte also an seine Verwandten einen Brief schreiben,
worin er ihnen befahl, die Summe an einen bestimmten Ort zu
bringen, und dieser ward von den Leuten des Räubers an das Stadtthor
geheftet. Indeß lag der arme Mann weinend und jammernd auf seinem
Strohlager, da sah er plötzlich neben sich einen kleinen Pflock liegen
und als er zufällig mit demselben die Eisen, in welche seine Füße
geschmiedet waren, berührte, da schmolz das Eisen davon wie der
Schnee an der Sonne. Dies machte ihn so beherzt, daß er ungeachtet
der Ketten, welche seine Hände fesselten, aus dem Gefängniß, in
welches man ihn gebracht hatte, zu entfliehen beschloß; es gelang ihm
auch, aus dem Fenster zu brechen und obgleich er beim
Hinausspringen zufällig auf eine dort sitzende Gluckhenne trat und
diese laut gackerte, glücklich zu entkommen. Er floh 15 Meilen weit
hinein ins Isenburgische, wo ihn dann seine Verwandten, welche

inzwischen mit dem Gelde gekommen waren, wiederfanden. Zum ewigen Gedächtniß seiner wunderbaren Rettung hing er dann Schloss und Kette in der Kirche zu Herbstein auf.

Die Glocke von Herbstein

Südwestlich von Herbstein liegt das Haselwäldchen. Man nennt es auch den Burgfrieden und soll daselbst in allen Zeiten eine Burg nebst einer Kirche gestanden haben. Lange Zeit nachher weideten dort die Schweine und wählten eine Glocke von 1100 auf. Da nun der Ort eine Koppelhut zwischen Herbstein und Langenhain war, so wollten die Langenhainer den Herbsteinern die Glocke nicht gönnen, sondern machten auch Anspruch darauf. Man kam endlich überein, es sollten zwei blinde weiße Pferde vor die Glocke gespannt werden, und wohin sie zögen, dem Ort sollte sie sein. Die Pferde aber zogen sie nach Herbstein und sie blieb daselbst bis zum Jahre 1842, wo sie umgegossen wurde.

Der weisze Mann in Herbstein

Vor alten Zeiten kamen einmal rebellische Leute von Fulda, um die Befestigungen von Herbstein zu zerstören. Als nun der Anführer an die Brücke gekommen war, gab er Befehl zum Angriffe. Da erschien plötzlich ein Mann im weiszen Kleide und winkte den Truppen umzukehren. Diese wurden dadurch so in Schrecken gesetzt, dasz sie zum Angriffe nicht zu vermögen waren, sondern umkehrten. Also wurde Herbstein gerettet.

Das Schlossfrauchen auf Ullrichstein

In den Trümmern des Mulsteiner Schlosses spukt es seit vielen Jahren und auch heute noch kann man sich in Acht nehmen. Man soll dort mittags eine lange weiße Gestalt auf- und abgehen sehen: das ist das Schlossfrauchen. Viele wollen auch sein Gewimmer gehört haben. Wenn in der Stadt die Kinder nicht gehorchen wollen, macht man ihnen Angst, und sagt: „Seid still, oder das Schlossfrauchen kommt!"

Der Name von Ulrichstein.

An dem westlichen Ende des Vogelsberges in Oberhessen erhebt sich
ein Basaltkegel ohngefähr 1924 Fuß über die Meeresfläche, dessen
Gipfel die Reste des Schlosses Ulrichstein trägt, und an dessen
nordöstlichen Abhang, der Ebene zu, sich das gleichnamige Städtchen
lehnt. Dieses Schloss wird aber vom Volke Mühlstein (früher
Molesstein) genannt. Der Gründer desselben war aber ein Graf, der
jedoch kein Geld zum Bau besaß. Um nun doch seinen Plan
auszuführen, spiegelte er seiner Mutter, welche sehr reich war, vor, er
wolle eine Kirche erbauen. Seine Mutter aber schöpfte Verdacht
gegen seine Versicherungen und faßte den Entschluß sich durch den
Augenschein zu überzeugen. So kam sie heimlich, den Sohn
überraschend, hier an, und fand außer der Kirche ein beinahe
vollendetes Schloss. Als sie nun der Graf, ihr seine Bauten zu zeigen,
umherführte, rief sie voll Verwunderung:»O Ulrich, was Steine!«
und der Sohn antwortete:»Moles Stein!« Davon hat das Schloss seine
zweifache Benennung erhalten. Später trieben die Besitzer Räuberei
und legten den Pferden die Hufeisen verkehrt auf um die Verfolger zu
trügen. Da zog aber der Landgraf von Hessen gegen sie aus, verjagte
sie von der Burg und zerstörte dieselbe.

Geister auf Ulrichstein

Ehedem sah man oft am hellen Tage einen groszen weiszen Mann auf
Ulrichstein umhergehn, der trug ein Bund Schlüssel in der Hand,
welches er den Leuten hinreichte; doch wagte keiner, dasselbe
anzunehmen. Noch soll er im Schlosse umgehn und Viele wollen das
Wimmern eines Kindes gehört haben.

Ulrichstein und Petershain

Zwei Brüder, Ulrich und Peter, sollen die beiden Burgen erbaut haben,
welche diesen Namen führen. Einer anderen Sage zufolge hatte eine
vornehme Frau einen Sohn, welcher Ulrich hiesz. Der bat sie oft um
Geld und ging weg, ohne zu sagen wohin und was er thue. Endlich
wollte seine Mutter wissen, was er mit all dem Geld anfange und wo
er seine Zeit zubringe. Da führte er sie auf den Berg, wo er von dem
Gelde eine Burg baute. Als die Frau dort ankam und die vielen Steine
sah, rief sie aus: ‚Ulrich, was Stein'! ' Davon erhielt die Burg ihren
Namen.

Die letzten Herren von Ulrichstein.

Landgraf Philipp von Hessen (denn das Schloss gehörte dieser fürstlichen Familie seit 1397) hatte in seinem Testamente diesen Ort nebst andern Besitzungen seinen sieben mit der Margarethe von Sahl erzeugten Söhnen vermacht. Anfangs wohnten die vier ältesten Brüder, Philipp, Herman, Christoph Ernst und Albrecht hier. Hatten sich diese nun schon bei Lebzeiten ihres Vaters oft so betragen, daß dieser nicht selten Anlaß sie zu strafen fand, so wurde nun, nachdem dessen strenges Auge nicht mehr über sie wachte, ihr Treiben umso wilder und zügelloser und ihre Leidenschaften schienen jeder Fessel entledigt. Dem Grafen Hermann führte ein Vater sogar die eigene Tochter zu, die von jenem die Lustseuche erhielt und an derselben eines elenden Todes starb. Philipp und Albrecht zogen bereits 1568 nach Frankreich und fielen 1569 in dem Blutkampfe des schrecklichen Karl IX. gegen die Hugenotten, als gegen dieselbe Sache streitend, deren Sieg sich ihr Vater zum höchsten Ziele seines Lebens gesetzt hatte. Als nach der Nachricht von des erstern Tode zuweilen des Nachts am Burgberge des Ulrichssteins sich eine Hellung zeigte, erklärte der Volksglaube dieselbe für Graf Philipps irrenden Geist. Nur allein Graf Christoph Ernst behielt seinen Sitz auf Ulrichstein und machte sich bald zum Schrecken der Umgegend. In der Befriedigung seiner unreinen Triebe ungezügelt, wurde Ulrichstein die Stätte, auf der die Unschuld einer großen Zahl von Mädchen gemordet wurde. Vorzüglich waren es drei Weiber, die ihm als Kupplerinnen dienten und die unterstützt von zweien seiner Diener Mädchen, von denen sie glaubten, daß sie dem Grafen gefallen würden, unter allerlei Vorwänden auf sein Schloss lockten. Ihren Widerstand besiegte der Graf durch die schrecklichsten Mißhandlungen und ihr Hilfegeschrei tönte oft so laut durch die Stille der Nacht, daß die Hunde im Zwinger davon aufgeschreckt und geängstigt in grausenerregendes Heulen ausbrachen. Zu seinen Drohungen gehörte das Einsperren in den Eselstall, das verrufene Gefängniß des Schlosses. Die bittersten Klagen über diese Gewaltthaten liefen bei dem Landgrafen ein. Dazu kam noch, daß die Grafen sich weigerten, dessen Oberhoheit anzuerkennen, und daß Graf Christoph Ernst bekannte Reichsächter, wie Ernst von Mandelsloh, Anton Pflug und Dietrich Pieht zu Ulrichstein und Schotten aufgenommen und mit Letzterem sogar einen Freundschaftsbund geschlossen hatte, indem er mit ihm Schwert um Schwert und Dolch um Dolch tauschte. Da beschlossen denn die Landgrafen Ludwig und Georg durch einen Handstreich dem

Unwesen ein Ende zu machen, sie erschienen in der Nacht vom 5/6. April 1570 mit 200 Reitern und 2000 Mann Fußvolk plötzlich vor Ulrichstein, Thore und Pforten wurden ohne Mühe gesprengt und der Graf mit den Seinigen im Schlafe überrumpelt und gefangen genommen. Die Letztern wurden nur zum Theil festgesetzt, der Graf aber in einer verdeckten Kutsche nach Ziegenhain geführt und ihm dort jenes merkwürdige Gefängniß angewiesen, welches früher Herzog Heinrich von Braunschweig bewohnt hatte. Obgleich er zum Tode verurtheilt wurde, so vollzog man das Urtheil doch nicht, er ward aber in ewiger Gefangenschaft gehalten und starb nach 33jähriger Haft im 60. Jahre seines Lebens am 20. April 1603. Von seinen Kupplerinnen hatte man zwei gefangen genommen, die dritte hatte Zeit gewonnen, zu entfliehen. Jene wurden dem peinlichen Gerichte zu Marburg übergeben, welches eine Menge Zeugen verhörte. Als man endlich zu ihrer Vernehmlassung schritt, spannte man sie erst auf die Folter, um sie zu Eingeständnissen und zur Aussage der Wahrheit geneigter zu machen, und während des ganzen Verhörs mußte der Henker gegenwärtig bleiben, um, wo sie stockten oder leugneten, mit der Folter zur Wahrheit aufzumuntern; die jüngere, 20 Jahre alt, wurde der Kuppelei für schuldig erkannt und verurtheilt an den Pranger gestellt, mit Ruthen gepeitscht und des Landes verwiesen, die ältere aber, 26 Jahre alt, ward des Ehebruchs und der Kuppelei für schuldig erkannt und verurtheilt, durch das Wasser vom Leben zum Tode gebracht zu werden.

Vom Kirchbau in Schotten

Man sagt, die Bewohner von Schotten hätten ihre Kirche auf den Gipfel des Wartberges erbauen wollen. Wenn sie aber am Tage das Baumaterial an diesen Ort brachten, kam in der Nacht ein schneeweißer Hirsch und trug es auf seinem Geweih an die Stelle, wo jetzt die Kirch steht. Nachdem dies mehremal geschehen, hielten die Umwohner es für einen Fingerzeig Gottes, den Kirchbau auf dem Wartberg aufzugeben und die Kirche wurde an dem Ort aufgebaut, wo sie jetzt noch steht.

Der Dappo

In Schotten und der Umgegend herrscht der Glaube, dasz, wenn Jemand etwas Böses begangen hat, in mitternächtlicher Stunde der Dappo kommt und ihn dafür bestraft.

Der verjüngende Brunnen.

Vor etwa vierzig Jahren entsprang ein Born in der Treiser Gemarkung, rechts am Wege nach Gießen. Es entstand vieles Geschrei seinethalben. Der Born versiegte aber. Nun ist er wieder entsprungen. Doch das Vorgeben von seiner Kraft war nichts; auf angestellte Prüfung fand sich nichts Mineralisches darin.

Vor fünfundvierzig Jahren ist er von der medicinischen Facultät untersucht worden, wie jetzt. Aber es fand sich niemals ein mineralischer Gehalt. Er ist nicht recht hell und schmeckt gleich wie vor fünfundvierzig Jahren etwas sumpfig oder nach einem eichenen Brette oder Baume. Der Pöbel läßt sich aber nicht ausreden, daß der Born Zeichen und Wunder thue. Er sollte wieder jung machen, jedoch die Gestalt nicht verändern.

Der gute Born.

Der verjüngende Brunnen am Todtenberge bei Treis wird vom Volke der »gute Born«, auch wohl »Gesundbrunnen« genannt. Er soll alle sieben Jahre fließen und bedeutende Heilkraft besitzen, obgleich sein Wasser von dem gewöhnlichen Quellwasser nicht verschieden ist.

Im J. 1717 war Landgraf Karl mit mehreren Cavalieren seines Hofstaates hier, kostete von dem Wasser und vertheilte bei dieser Gelegenheit viel Geld unter die Armen. Im J. 1798 oder 1799 soll der Brunnen wieder von vielen Menschen, auch aus weiter Ferne, selbst aus Frankreich, besucht worden sein. Man erzählt von einem ganz gelähmten Manne aus Ebsdorf, welcher den Brunnen völlig geheilt verlassen und zum dankbaren Gedächtniß seine beiden Krücken an einen danebenstehenden Baum aufgehängt habe. Auch wird in Treis noch ein kleines Kapital für die Armen verwaltet, welches damals am »Gesundbrunnen« von den Badegästen gesammelt worden ist. Vor etwa zwanzig Jahren strömten wieder Kranke aus allen Gegenden nach Treis, doch ist aus dieser Zeit von auffallenden Kuren nichts bekannt.

Die Glocke von Oberseilbach.

In der Flur von Treis a.d.L. führt ein Bezirk den Namen
»Oberseilbach«. Es soll dort ein Dorf gestanden haben, welches im
dreißigjährigen Kriege von den Schweden zerstört wurde. Eine
Glocke, welche bei dem dort quellenden Brunnen ausgegraben wurde,
befindet sich noch auf dem Kirchthurm zu Treis und ist unter dem
Namen »Appel« bekannt.

Die Nonne von Lich

In Lich, einem Städtchen unfern Gieszen, ward schon gar oft eine
gespenstige Nonne gesehn.

In dem nahen Nonnenkloster war einst eine blutjunge und gar schöne
Schwester, die sich einer verbotenen Liebe hingab. Als sie nun
nächtlicher Weile ein Kindlein gebar, trug sie es in ihrer Angst hinab
nach Lich und warf es in einen tiefen Ziehbrunnen. Noch jetzt hat sie
deszhalb keine Ruhe; sie muss jede Mitternacht an dem
Brunnenstehen und sich so lange hinunterlehnen und in die Tiefe
schauen, bis das todte Kind unten auf dem Wasser schwimmt. Dann
winkt sie hinunter und streckt die Arme vergebens darnach aus, bis sie
mit dem Schlage Eins verschwindet.

Watzenborn

Das Dorf dieses Namens war gebaut, aber es hatte noch keinen
Namen. Da versammelte der Schulz die Gemeinde. Hielt eine schöne
Rede an sie und sprach, die Bauern sollten jeder einen Namen
vorschlagen, die drei schönsten von allen sollten alsdann
herausgesucht und von diesen drei wiederum dann der schönste
gewählt werden und zwar durch Stimmenmehrheit. Das ging Alles
gut, aber als die Bauern unter den drei Namen einen wählen sollten,
das standen sie und sperrten die Mäuler auf. Der Schulz ermahnte sie
vergeblich mehremal, endlich sprach er: ‚und jetzt frage ich zum
Letztenmal, wie soll das Dorf heiszen? ‘ – ‚Watz im Born‘ schrie der
Schweinehüter, der mit vor Schrecken bleichem Gesicht herbeistürzte,
und ‚Watz im Born‘ schrie die ganze Gemeinde und lief weg, um den
Gemeindewatz aus dem Brunnen zu ziehen, in welchen er
unglücklicherweise hineingefallen war. So wurde der Watz noch
zeitig gerettet und sie waren zugleich aus aller Verlegenheit wegen
des namens ihre Dorfes.

Der Ehlborn

In der Gambacher Gemarkung nach Holzheim hin liegt der Ehlborn, welcher ein besonders gutes Wasser hat, nach welchem zu Gambach die Sterbenden zu verlangen pflegen. Wenn darum Kranke Waser aus dem Ehlborn fordern, so sieht man diesz als ein Zeichen ihres nahen Todes an, und der ihnen aus dem Born gereichte Trunk ist , wie die Leute zu sagen pflegen, ,gleichsam die letzte Oehlung.'

Vetter Metz

In der Nähe des Ehlborns zu Gambach liegt der Pahr- oder Pahrdsgarten, neben diesen das Alstädter Feld, welches zu dem ausgegangenen Dorf Alstadt gehörte. Von dieser Gegend hat sich folgende Sage erhalten. Wenn in früherer Zeit junge ledige Burschen auf dem alstädter Feld geackert hatten und vier Uhr hielten, setzten sie sich an den Ehlborn und tranken daraus. Wenn sie dann riefen:

VetterMetz,
bring uns die Pletz,

dann erschien in den Wiesen ein schön und fein gekleidetes Mädchen mit einem Plätz, trug ihn, über Wiesen und Felder im Gehen hinschwebend, zu einem Pflug und legte ihn auf die Rehhörner desselben. Dan schwebte es schnell nach den Wiesen zurück, brachte wieder einen Plätz und legte ihn auf die Rehhörner eines andern Pfluges und so ging es, bis auf jedem Pflug ein Plätz lag. Dann verschwand es und ließ sich an dem Tage nicht wieder sehen. Die Burschen blieben aber mäuschenstill sitzen, bis die Metz fertig war, dann gingen sie zu den Pflügen und lieszen sich die Plätze recht gut schmecken. Konnte jedoch einer nicht warten, bis sie fertig war und holte sich früher seinen Platz, so kam sie nicht wieder und die Rehhörner der anderen Pflüge blieben für dieszmal leer.

Die Teufelskanzel im Hangelstein bei Gieszen

Wenn man den Weg von Gieszen nach Heibertshausen geht und kommt an dem groszen Steinbruch im Hangelstein vorbei, so sieht man gleich rechts im Walde ein hervor-ragendes Felsstück, das heiszt Teufelskanzel, denn da soll der Teufel alle Jahr einmal des nachts predigen.

Hostie fallen gelassen

Ein Mädchen aus Gieszen, das zum heiligen Abendmahle ging, liesz aus Versehen die Hostie fallen und konnte sie auf dem Boden auch nicht finden. Von dem Tage fing aber das Kind an sich abzuzehren und ward immer kränker und half keine Arzenei. Endlich fragten seine Eitern eine klugen Mann und der hiesz sie die Steinplatte in der Kirche aufzuheben, auf der das Mädchen gestanden hatte, als es die Hostie fallen liesz. Das thaten die Leute und fanden darunter eine grosze dicke Kröte sitzen mit Glotzaugen sitzen, die hielt die Hostie im Maul. Man nahm ihr dieselbe ab und gab sie dem Mädchen zu essen, worauf es von Sund an sich erholte und bald wieder so gesund war, wie vormals.

Der Fluch des Fremdlings zu Gießen

Auf dem sogenannten Trieb bei Gießen, rechts von der Straße nach Grünberg, sah man noch vor wenigen Jahren eine Fläche von vielen Morgen, die mit Eichen bepflanzt war; aber merkwürdigerweise hatten die Bäume alle keine rechte Kraft, keinen frischen Saft, und ihre Wipfel waren dürr. Das war einem Fluch zuzuschreiben, der auf den Bäumen lag.

Vor vielen, vielen Jahren, so berichtet die Sage, tauchte nämlich ein fremder Mann in Gießen auf, der weinend und wehklagend sein Weib und seine Kinder suchte. Damals muß ein unglückseliger Rat In der Stadt geherrscht haben; denn anstatt dem Manne in seiner Verzweiflung beizustehen, beschuldigte man ihn, er habe Weib und Kinder getötet. Als er die Tat bestritt und seine Unschuld beteuerte, wurde er auf die Folter gespannt. Um von der Qual befreit zu werden, gestand er im höchsten Schmerze, er habe es getan, was er in Wirklichkeit nie ausgeführt hatte. Nach dem Geständnis wurde der Fremde sofort auf den Richtplatz hinausgeführt. Bevor ihm dort, die Augen verbunden wurden, beschwor er aufs Neue seine Schuldlosigkeit und rief:»Und zum Zeichen meiner Unschuld werdet ihr sehen, wie diese Eichbäume von heute an gipfeldürr werden; daraus mögt ihr dann erkennen und mir glauben, daß ihr unschuldig Blut vergossen habt.«

So starb der Fremdling und wurde unter dem Galgen begraben. Wenige Tage nachher schon bewährte sich des Mannes Unschuld auf eine erschütternde Weise; denn die von ihm gesuchte Frau kam auf einmal mit ihren Kindern daher, um nach dem vermißten Vater zu forschen. Da entstand große Trauer in der Stadt. Man gab dem Hingerichteten sofort ein ehrliches Begräbnis, der Frau und ihren Kindern aber wurde das Bürgerrecht gewährt. Damit war aber die Tat nicht gesühnt. Und als es Frühling wurde, da schlugen alle Bäume in und um Gießen aus, nur die Eichen kränkelten, manche starben sogar ab, und wie viele man auch nachpflanzte, nicht eine gedieh. So schwer lastet der Fluch des Fremden auf diesen Bäumen.

Vetzberg, Gleiberg, Wetternberg

Diese drei Berge, in der Nähe von Gieszen, gehören zu den „sieben Köppeln". Um den letzteren Gipfel zieht sich ein uralter Ringwall von dreihundert Schritten herum, in dessen Innern man noch Spuren alten Mauerwerks antrifft. Die sage erzählt, drei Brüder hätten jeder eine Burg erbaut. Der Erste nannte die seinige, welche sehr stark und fest war, eine Feste, daraus entstand der Name des Vetzbergs. Der Zweite stellte dieser Burg eine Gleiche entgegen, daher der Name Gleichberg oder Gleiberg.Der Dritte endlich wettete, seine Burg müsse die beiden andern an Festigkeit noch übertreffen, daher der Name Wettenberg.

Andere sagen, drei Brüder hätten auf den drei Bergen je eine Burg gebaut; der Besitzer des Wettenberges sei jedoch ein schlechter Geselle gewesen, darum hätten ihn die beiden anderen angegriffen, die Burg erobert und zerstört.

Wieder andere erzählen Folgendes: Drei Brüder liebten ein Mädchen und sie versprach, als ihr die Wahl schwer wurde, ihre Hand dem, der die schönste Burg für sie baue. Als die drei Burgen fertig waren, entschied sie sich für den Wettenberg und dessen Besitzer. Erzürnt darüber zogen die beiden anderen Brüder vor die Burg und erstürmten und zerstörten dieselbe.

Die Frau von Einshausen

In der Gegend von Lollar hat vor Alters das Dorf Einshausen gestanden, es ist aber nichts mehr davon da. In dem Dorf war einmal Morgens eine Frau zu einer Nachbarin gegangen und hatte sich ein Töpfchen mitgenommen, um sich darin Feuer zu holen. Die Kohlen waren in das Töpfchen getan, aber die Frau blieb stehen und schwätzte und schwätzte und konnte gar nicht fertig werden. Es war Mittag und noch war sie nicht fort. Endlich ging sie mit ihrem Kohlen nach hause, aber als sie ihr Töpfchen aufdeckte, so waren sie alle schon ausgegangen und kein Funken mehr zu sehen und sie konnte kein Feuer anmachen. Davon sagt man noch in selber Gegend, wenn Eins durch Schwätzen die rechte Zeit verpasst: ‚*Das macht's wie die Frau von Einshausen*' oder auch ‚bei dem geht's wie bei der Frau von Einshausen'.

Die Hexenwiese von Ruttershausen

Im Wald bei dem Ruttershäuser Kirchenstumpf ist eine Lichtung, man heißt sie Hexenwiese. Da halten alljährlich die Hexen ihren Ehrentanz mit dem Teufel, sobald es Walbersnacht ist. Wer's nicht glauben will, der darf nur hingehen am Morgen. Er wird rings herum im Kringel das Erdreich zertreten sehen und alle Gräser geknickt finden.

Der Dünsberg

Dieser Berg, der auch Dinsberg oder Dünstberg genannt wird, ist der höchste Punkt in der Gegend von Gieszen. Er trägt um seine Gipfel ein Band mächtiger Ringwälle. Die Sage meldet, dasz unter denselben grosze Schätze verborgen liegen, die zu bestimmten Tagen im Jahr zugänglich sind.

Der Dünsberg

Auf dem Gipfel des Dünsbergs bei Gießen hat ehemals ein festes Schloss gestanden. Danach hieß wohl der ganze Berg die Dünsburg. Reste dieses Schlosses sind noch die beiden wohlerhaltenen mächtigen Ringwälle und die Spuren eines dritten Walles, welche den Berggipfel krönen. Unter den Ringwällen liegen noch jetzt große Schätze verborgen. Zu gewissen Zeiten im Jahr öffnet sich der Berg, und wer dann das Zauberwort weiß, der kann in das Innere treten und die dort verborgenen Schätze holen.

In alten Zeiten fand am Dünsberg eine blutige Schlacht zwischen den Römern und Germanen statt. Die Römer standen auf dem Dünsberg, die Germanen auf dem Helfholz, der Höhe zwischen dem Dünsberg und Hohensolms. Auf dem Totmal zwischen Helfholz und Dünsberg wurde die Schlacht geschlagen. Die Deutschen unterlagen und wußten sich nicht zu retten. In dieser Not fielen sie auf die Knie nieder und flehten zu ihrem höchsten Gott um Beistand. Und alsbald kam ihnen über das Helfholz die erbetene Hilfe. Davon haben das Helfholz und das Totmal ihren Namen. Im Frankenbacher Feld, nordwestlich vom Dünsberg, ist ein tiefes Tal, das Hungertal, und westlich davon zieht sich der Hungerberg oder der Hungerrück hin. In diesem Tal wurden die Römer von den Deutschen eingeschlossen, und sie fanden darin größtenteils den Hungertod.

Die Lahn hat gerufen

Die Lahn und die Fulda fordern jedes Jahr ein Menschenopfer. Noch jedesmal, wenn jemand in der Lahn bei Gießen ertrunken ist, hat sie vorher laut gerufen, und das haben die Müller und Bleicher, die an dein Wasser sind, schon oft gehört. Es geschieht jedesmal mittags zwischen elf und zwölf Uhr. Da rauscht die Lahn auf, schlägt starke Wellen, und dann ruft es mit starkem Schrei aus dem so aufgeregten Wasser:

»Die Zeit ist da!
Die Stund' ist da!
Wär' nur der Mensch da!«

Nur mit Schaudern hört man dann erzählen:»Die Lahn hat gerufen; es ertrinkt bald wieder Jemand!« Und das ist auch allemal eingetroffen; es ist bald darauf wirklich jemand in der Lahn ertrunken. – Bei Neustadt am Heßler ruft oft die Lahn in langen, dumpfen und hohlen Tönen:

»Ich will einen Menschen haben,
einen Menschen will ich haben!«

Dann gehen die Fische haufenweise ins Garn, denn es wird ihnen bange.

Klein Frankreich in Friedelhausen

Im Hessenlande ist ein Edelmann gewesen, genannt Rolzhausen. Der war in seiner Jugend sehr arm, also daß er zuweilen den Pflug geführt hat. Endlich ist er des elenden Feldlebens überdrüssig geworden und hat gehört, daß eine Trommel gerührt ward und Werber da waren. Als er nun von seiner Mutter Abschied genommen, hat ihm diese achtzehn Turnosen gegeben, welches eine Art Geld im Hessenland gewesen ist, und hat gesagt:»Lieber Sohn, ich habe nicht mehr, ziehe hin, Gott gebe Dir Glück und Segen.« Er ist aber ein tapferer Cavalier geworden und zur Zeit Philipps des Großmüthigen, des Landgrafen von Hessen, im Jahre 1562 mit einer Armee nach Frankreich gekommen, allwo er sich sehr tapfer und männlich gehalten und bei Freunden und Feinden großes Lob erlangt hat. Derselbe hat viele Maulesel mit Kronen beladen ins Hessenland geschickt und hat ein Haus erbaut, welches damals Klein-Frankreich genannt worden ist (Friedelnhausen bei Staufenburg). Nun hat ein Graf von Nassau einmal in einer Krankheit sich eingebildet, er vermeine wieder gesund zu werden, so er einen solchen wohlschmeckenden Roggenbrei bekomme, wie ihn dieser hessische Oberst Rolzhausen, als sie mit einander in den französischen Kriegen gedient, bereitet habe. Dieser Rolzhausen ward nun wirklich aus Hessen abgeholt, richtete zwar einen solchen Brei zu, allein er wollte Sr. Gnaden nicht schmecken. »Ja«, sprach der von Rolzhausen,»Herr Graf, laßt uns zuvor vierzehn Tage Hunger leiden, wie damals in Frankreich geschah, was gilt's, bittere Bohnen werden uns süß schmecken!«

Kurze Herrlichkeit

Im Land zu Hessen ist ein Edelmann gewesen, seines Namens Friedrich von Rollshausen. Gebürtig war er aus dem Dörflein Rollshausen bei Lohra im oberhessischen Hinterland, auch eine Zeitlang da wohnhaft. Die Güter derer von Rollshausen lagen auch dort und in der Umgegend, waren aber sehr verkommen und verödet, und Friedrich war in seiner Jugend so arm, daß er den Pflug unterweilen selbst führen mußte. Endlich war er des elenden Feldlebens überdrüssig, und da er gehöret, daß eine Trommel im Lande gerühret werde, und Werber da seien (denn so zogen vor dreihundert Jahren die Werber der Landsknechte durch alle deutschen Lande, mit lautem Trommelschlag durch Dorf und Stadt, um die jungen Bursche – man nannte sie damals Knechte – des Landes an sich zu ziehen, daß sie ihr Glück unter der Hellebarde, in Frankreich oder Italien, und da, wo es sonst Krieg gab, versuchen möchten, und das nannte man ein Lärmen aufschlagen), da hat er von seiner Mutter Abschied genommen. Die Mutter, sagt man, hätte nicht mehr gehabt als achtzehn Turnos, welches eine Art klein Geld in Hessen war, die hab sie ihm gegeben und gesagt: „Lieber Sohn, ich hab nicht mehr, zieh hin, Gott geb dir Glück und Segen." Das Glück fehlte dem jungen

Kriegsmann nicht, er kam bald empor und wurde ein wackerer Befehlshaber, erst eines Fähnlein Fußvolkes, dann eines Reiterhaufens, und zuletzt mehrerer Regimenter Reiterei. Nachdem er verschiedenen Herrn gedient, that er im Jahre 1552 in hessischen Diensten vor der Ehrenberger Klause für die Befreiung seines Landesherrn, des Grafen Philipp des Großmütigen, tapfere Taten. Daraus lies er selbst einen Lärmen aufschlagen, warb eine große Menge kriegslustigen und tapferen Volkes an, und gieng mit einer ganzen Heeresabteilung in französische Dienste, wo er sich eben so tapfer und männlich hielt wie bisher, auch bei Freunden und Feinden großes Lob erlangte. Aber nicht allein Sieg und Ehre folgten ihm, sondern auch Reichtum. Überall glückte es ihm, zumal während seiner Kriegszüge in Frankreich, große Beute zu machen, so daß er viele Maulesel mit eitel goldenen Kronthalern beladen in das Hessenland vorausschickte. Endlich kam er selbst zurück, wurde am hessischen Hof Kriegsoberster und Marschall, und baute sich auf seinen Gütern ein Haus, welches er über die Maßen herrlich und köstlich einrichtete, so wie die schönsten und prächtigsten Häuser in Paris gebauet und eingerichtet waren, und wie man in den hessischen Wäldern noch niemals eins gesehen hatte. Alle Welt lief zusammen, diese neue Herrlichkeit zu schauen, und man nannte das Haus Klein Frankreich. Es lag dasselbe aber zu Friedelhausen an der Lahn, nicht weit von Sichertshausen. Allein wie es zu gehen pflegt – der Sohn des alten Kriegsobersten, Moritz geheißen, hatte in seiner Jugend nicht den Pflug geführt, wie der wackre Vater, er war in Üppigkeit und Weichlichkeit erzogen worden; - und so machen es noch manche Väter, denen es in ihrer Jugend hart gegangen ist: sie wollen, es soll den Kindern dafür desto beßer gehen, und laßen es ihnen zu gutgehen, - mischte sich in widerwärtige Weiberhändel, brachte sein Vermögen durch, und mußte das hessische Vaterland und Klein-Frankreich mit dem Rücken ansehn. Niemals hat man wieder etwas von ihm gehört; Klein-Frankreichs Herrlichkeit verfiel, und fünfzig Jahre nach des alten Rollshausens Tod stand es öde und verwüstet da, die Fledermäuse nisteten in den Sälen, langes Gras war vor der Thür gewachsen, und der Name Rollshausen war so gut wie vergessen. „So geht es mit Soldatengut", sprach man damals im Gerichte Lohra und Reizberg.

Welches war mehr wert, die achtzehn Turnos der alten Großmutter mit Gottes Segen, oder das Erbe ihres Enkels Moritz, Klein-Frankreich ohne diesen Segen?

Eine ähnliche Herrlichkeit, der auch Gottes Segen gefehlt haben muss, haben wir ja in derselben Gegend, nur noch näher bei Marburg, vor vierzig Jahren mit eignen Augen aufkommen und nur noch schneller vergehen sehen, als die Herrlichkeit zu Kleinfrankreich verging. Wer ist noch übrige von dem Zweige der Herzoge von Looz und Corswarem (sprich von Dükdelo, lieber oberhessischer Leser, dann kennst du die Geschichte recht gut), die einst so herrlich Hof hielten zu Ellnhausen? Sie sind allesamt dahuin, und das Gras ist auch zu Ellnhausen vor ihrer Thür gewachsen. Ihre Vettern in den Niederlanden mögen nicht viel von ihnen haben wißen wollen, wenigsten gewiß nicht von ihrem Nachlaß, der als herrenlos im Jahre 1841 öffentlich im Wochenblättchen ausgeboten wurde. Es bestand derselbe aber aus zerbrochenen Tischen, zerbrochenen Stühlen und zerbrochenen Weingläsern. Es war auch besser damals zu Ellnhausen, da die ehrliche Sibylla Seib, deren sich alte Leute noch erinnern, wie sie auf ihrem Pferdchen von Marburg nach Ellnhausen und wieder zurück geritten ist, noch in Ellnhausen wohnte und an ihre Vermächtnisse für Witwen und Waisen dachte, die sie von ihrem Überfluß gestiftet hat, als da die Käufer ihrer Güter, die vorgenannten Herzoge, mit ihrem französischem Gelde, ihrer französischen Herrlichkeit und ihren französischen Lastern dort einzogen.

Der Hexenschmied von Hirzenhain

Als im Dreißigjährigen Kriege einstmals viel Reitervolk durch Hirzenhain zog, hatte der dortige Schmied, der sein Handwerk von Grund auf verstand und nebenbei noch mehr konnte als Brot essen, alle Hände voll zu tun. Die Kriegsleute waren mit seiner Arbeit stets zufrieden. Aber wenn er ein Pferd beschlagen hatte, sagten sie nicht einmal Dank, geschweige denn, daß sie gefragt hätten, wieviel die Eisen kosteten. Der Schmied sprach bei sich selbst:»Wenn das so weitergeht, habe ich bald keine Kohlen und kein Eisen mehr; aber auch keinen Batzen Geld.«

Am Tag darauf fanden sich wiederum zwei Reitersmänner ein, ließen ihre Pferde beschlagen und ritten wieder ohne Abschied davon. Auf dem Wege nach Dillenburg kamen sie an ein Wasser; aber die Pferde waren nicht zu bewegen, den Bach zu beschreiten, sondern liefen wie wild am Ufer auf und ab, bis sie ihre Hufeisen verloren hatten. Die Reiter kamen nun wieder zum Schmied nach Hirzenhain, ließen von neuem Eisen aufschlagen und vergaßen diesmal auch nicht, den

Schmied für seine Arbeit zu entlohnen. Ehe sie wieder fortritten, winkte ihnen der Lehrjunge und sagte heimlich zu ihnen:»Wißt ihr auch, warum ihr nicht über das Wasser gekommen seid? Wenn ihr gleich bezahlt hättet, so könntet ihr jetzt schon in Dillenburg sein!«

Der Greifenstein

Ein thüringischer Graf, des Namens Heinrich, brachte aus einem Kreuzzuge einen Greifen mit, andere sagen einen Falken, der nur auf den Namen Greif gehört. Einst ließ der Graf den Greif nach einem Reiher steigen, er stieg und kam nicht wieder, das war dem Grafen sehr leid, und er gebot seinen Dienern, allüberall zu suchen und zu spähen, ob sie den Greif fänden – es war aber vergebens. Des andern Morgens ging der Graf selbst wiederum aus, den Falken zu suchen, den er sehr ungern mißte. Da erblickte er ihn nach dem Kesselberge zu hoch in der Luft schweben und im Nu auf einen Schwarm Vögel niederstoßen, die sich auf einem nahen Berge niederließen. Eilends bestieg der Graf diese Anhöhe und fand seinen Greif an dem Orte, wo sonst die Burggerichte gehalten wurden, im Gebüsche seine Beute verzehrend, rings umher aber Singvögel, die von ihren Nestern aufflatterten. Ei, ei, du loser Schelm, sagte der Graf scherzend: hab' ich dich nicht gehalten wie ein Kind, und doch willst du mich verlassen? Freilich ist's hier schöner, als auf meiner Hand, und du hast dir wahrlich keine üble Residenz erwählt. – So sprach der Graf, und seinen Greif auf die Hand nehmend und streichelnd, schaute er sich um, und weil ihm der Platz so wohl gefiel, da man von ihm aus Thal und Gegend weit überschaute, so kam es ihm in den Sinn, hier eine Burg zu erbauen. Noch in demselben Jahre wurde der Grund gelegt; der Bau währte mehrere Jahre, denn es wurde so fest und stark gebaut, wie wenn die Mauern ewig halten sollten; ja, der Mörtel, der noch jetzt mit unverwüstlicher Festigkeit die mürben Sandsteine zusammenhält, soll mit Wein angemengt worden sein, damit er die Steine um so fester kitte. Die Burg aber nannte der Graf zum Andenken seines Greifes, der den Platz erwählt, Greifenstein – das Volk nennt sie nur „das alte Schloss," und glaubt, sie sei bei einer Belagerung zerstört und verbrannt worden, obgleich diese Meinung der Geschichte zuwider-läuft; in der Geschichte aber heißt sie die *Blankenburg* und die Grafen von Schwarzburg hatten sie inne und wohnten auf ihr.

Herborn

Herborn hat seinen Namen von einem Born, der am Weg nach Uckersdorf rechts vom Johannisberg liegt. Eine Frau aus Uckersdorf, die schon lange krank war, hat ihn entdeckt, als sie einst auf dem Weg nach Hause war und vor Müdigkeit und Durst kaum weiter konnte. Das Wasser löschte ihr nicht nur den Durst, ihre Schmerzen ließen nach, es gab ihr frische Kraft. Und lange war ihr der Weg nach Hause nicht so leicht gefallen. Seitdem trank sie jedesmal aus dem Born, wenn sie des Weges kam, und wurde zuletzt wieder ganz gesund. Das erzählte sie ihren Nachbarn und bald wallfahrteten viele Kranke nach dem Quell und man hieß ihn den Guten Born. Und seit auch die Herren von Dillenburg dahin kamen, nannte man ihn auch den Herrenborn. Und danach bekam die Stadt, die dort entstand, den Namen Herborn.

Der vergeßliche Graf

In Dillenburg war einmal vor vielen Jahren ein Mann der Hexerei beschuldigt worden. Der Graf wollte nicht recht daran glauben, aber das Volk wurde unruhig, so machte man dem Mann den Prozeß und verurteilte ihn zum Feuertod. Insgeheim aber befahl der Graf, man solle den Holzstoß zwar anbrennen, sobald man jedoch ein weißes Fähnchen vom Schloss herab winken sehe, wieder auslöschen. Die Richter hielten die Hinrichtung lange hin, als aber das Volk ungeduldig wurde, mußten sie doch den Befehl geben, den Scheiterhaufen anzuzünden. Die Flammen schlugen schon an dem Mann in die Höhe, da wehte auf einmal das Fähnchen aus dem Schloßfenster. Aber als man den Holzstoß auseinanderriß, fand man nur die verkohlte Leiche. Der Graf hatte zu der Stunde gerade ein Bankett gegeben und darüber sein Versprechen vergessen. Und als es ihm endlich einfiel, war es zu spät. Nun muß er jede Nacht auf einem schwarzen Roß den Weg vom Schloss nach dem Fluß, wo die Richtstätte war, reiten. Weder er noch das Roß haben einen Kopf.

Der Holleabend

In Rehe war einmal eine Frau, die den größten Teil des Tages und sogar die halbe Nacht fleißig spann. Zu der kam eines Abends, es war am letzten Donnerstag vor dem heiligen Christfest, eine Holl, brachte zwölf leere Spulen mit und gab mit strenger Miene der fleißigen

Spinnerin auf, diese zwölf Spulen bis um zwölf Uhr voll zu spinnen, sonst würde sie ihr den Kopf umdrehen. Lächelnd entfernte sich die Holl, die erschrockene Frau aber wußte sich nicht zu raten und zu helfen. Sie ging daher zu ihrer Nachbarin und erzählte ihr, was ihr geschehen. Diese sagte:»Die zwölf Spulen bis um zwölf Uhr voll zu spinnen, ist für dich allein ein Ding der Unmöglichkeit. Spinne deshalb über jede Spule nur einmal.« Und die Spinnerin tat so, Schlag zwölf Uhr nachts kam die Holl wieder und verlangte ihre zwölf Spulen. Zitternd reichte die Frau sie ihr hin. Als die Holl die Spulen besehen hatte, fragte sie heftig:»Wer hat dich das gelehrt?«, und als die erschreckte Frau nichts darauf erwiderte, sagte die Holl:»Das hat dir der Teufel gesagt!« Und sogleich verschwand sie bei zugemachter Türe. Deshalb heißt dieser Abend (Donnerstag vor Weihnachten) der Holleabend, und viele alte Frauen hüteten sich früher, an diesem Abend ihr Rädchen zu drehen, aus Furcht vor der Holl.

Sechshelden

Vom sonnigen Rhein zogen einmal sechs riesige Gesellen herauf, die gewaltige Fässer vor sich herrollten. Endlich machten sie halt, hieben in harten Steinen einen Keller aus und lagerten ihre Fässer dort. Dann setzten sie sich um Steintische und tranken kühlen Wein. Und das tun sie heute noch. Wenn aber ihre Gläser zusammenklingen, so dröhnen alle Felsen um Sechshelden.

Der Bohnstein in Fischelbach

Ungefähr zwei Kilometer nördlich von Fischelbach, an einer engen Stelle des Banfetales, ragt der „Grosse Bohnstein" empor, mit überaus steilen Abhängen und schroffen Felsen. Östlich davon, zwischen Fischelbach und Hesselbach, erstreckt sich eine wellige Hochebene, das „Weite Feld" genannt. Dort stiessen vor vielen, vielen Jahren feindliche Reitertruppen aufeinander. Es kam zu einem heftigen Kampf, der mit Schwertern und Lanzen ausgefochten wurde. Schon nach kurzer Zeit lagen Tote und Verwundete auf dem Schlachtfeld. Schliesslich floh der Rest der Reiterschah, die von Norden gekommen war, nach allen Seiten davon, verfolgt von ihren Gegnern. Dabei gerieten zwei Reiter auf den Bohnstein. Nun war guter Rat teuer. Vor ihnen gähnte der tiefe Abgrund, hinter ihnen preschten die Feinde heran. Da stieß der eine Reiter, der auf einem Rappen sass, einen grässlichen Fluch aus, gab seinem Pferde die Sporen und ritt den steilen Abhang hinab. Doch sein Pferd strauchelte, stürzte an einem steilen Felsen ab, und beide, Reiter und Ross, fanden den Tod. Aber der andere Reiter stieg von seinem Schimmel ab, kniete nieder und betete zu Gott. Dann führte er sein Pferd am Zügel vorsichtig hinab ins Tal. Gerade, als er glücklich unten angekommen war, erschienen seine Verfolger hoch oben auf dem Bohnstein. Eilig bestieg er sein Pferd, ritt davon gen Nordwesten und entkam glücklich seinen Feinden.

Der Reiter des Rappens soll am Abhang der Burg, einem Berg gegenüber dem Bohnstein, hinter dem Garten des jetzigen Forsthauses begraben sein, dort, wo Rotdorn, Holunderbüsche und Gestrüpp von Heideröschen ein undurchdringliches Dickicht bilden.

Der Köhler bei Mornshausen

In den zahlreichen Waldungen des sogenannten Hinterlandes werden jetzt noch eine bedeutende Menge Kohlen gebrannt; nicht mehr aber war dies gegen die Mitte des vorigen Jahrhunderts der Fall. Ueberall traf man damals in dieser wilden Gegend auf die dampfenden Hütten rußiger Köhler. Das Wildromantische dieses Theils des Großherzogtumes Hessen wurde für den Reisenden bis zum Schauerlichen erhöht, wenn er diesen schwarzen Gesellen an den einsamen Stellen der waldbewachsenen Höhen und Thäler begegnete.

In der Gegend von Mornshausen, in einem Waldthale, durch welches ein Weg führt, zeigt man jetzt noch eine Stelle, wo vor hundert Jahren eine Köhlerhütte gestanden haben soll. Folgende Sage existiert von den einstigen Bewohnern dieser Hütten noch jetzt im Munde des Volkes.

Ungefähr um das Jahr 1750 zog ein Wanderer, ein kleines Reisebündel an der Hand führend, durch den wenig besuchten Krofdorfer Wald. Der Reisende war hoch gewachsen und kräftig, seine Kleidung und überhaupt sein ganzes Aeußere beurkundete einen Mann, der in guten Verhältnissen gelebt hatte; sein etwas gebräuntes Gesicht ließ vermuthen, daß er in einem Lande gewohnt habe, dessen Sonne wärmere Strahlen zur Erde sendet, als in unserem nordischen Deutschlande. Das Mädchen, welches äußerst ermüdet zu sein schien vom ungewohnten Gange, war ganz nach der Mode der damaligen Zeit gekleidet. Sein braunes Haar fiel in reichen Locken auf Schultern und Nacken herab; die lebhaften Augen sahen oft forschend zu ihrem Begleiter hinauf, als wollte das unschuldige Kind in seinen Mienen lesen. Das Mädchen schien eine Frage auf dem Herzen zu haben; denn oft hatte es seine rosigen Lippen schon halb zum Sprechen geöffnet, aber immer schwieg es wieder. Endlich ließ sich sein Silberstimmchen vernehmen: „Ach, lieber Vater", sagte es, „ich bin gar zu müde, kommen wir nicht bald an einen Ort?" „Ja, liebe Marie", antwortete der Mann, sich freundlich zu dem Kinde herabneigend und eine Träne im Auge zerdrückend, „wir kommen bald an einen Ort, wo wir lange Zeit, vielleicht für immer bleiben werden." Plötzlich gewahrten die beiden Reisenden das Freie, und ein Dorf lag vor ihren Blicken. Das kleine Mädchen hüpfte vor Freude und neue Kraft ergoss sich in seine müden Glieder. Auch sein Vater ging rascher; doch verbreitete sich von Zeit zu Zeit ein wehmütiger Zug beim Anblicke dieser Gegend über sein Antlitz. „Warst du, lieber Vater, schon einmal hier?" frug das Kind. „Ja, liebe Marie." Erwiderte der Vater, hier in diesem Ort bin ich geboren, ward ich erzogen; von hier aus machte ich die Reise in die weite Welt, und nun sind es fast zwanzig Jahre, daß ich diese Berge nicht mehr sah."

Der Frühling des Jahres 1758 hatte begonnen. Wald und Thal prangten in lebhaften Grün; die Sänger des Waldes ließen in zahllosen Chören ihre ewigen Melodien erschallen; hie und da weidete eine Herde Schafe, oder munterer Ziegen; es war einer jener schönen Frühlingstage, der Menschen und Thieren neues Leben einhaucht, der eine stille Behaglichkeit über die ganze Natur verbreitet.

Dieses allgemeine Wohlbehagen schien sich auch einem vor einer Köhlerhütte am Wege nach Mornshausen mit einem Lämmchen spielenden Mädchen mitgetheilt zu haben. Fröhlich und neckend lief sie um die Hütte herum. Sie stand in der ersten Blüthe ihrer Lugend und mochte höchstens 16 Jahre zählen. Ihr Anzug war einfach, ja fast ärmlich, aber rein. Auf einmal trat die Gestalt des Köhlers aus der Hütte. „Liebe Marie", sagte der Mann, „gib mir bitte einen Morgenimbiß, ich bin hungrig." „Ja, gleich, lieber Vater." Sagte das Mädchen. Schnell hatte sie ein Tischchen vor die Hütte getragen, worauf sie einen Topf frischer Mich stellte und ein schwarzes Brot legte. Der Köhler ließ sich's trefflich schmecken. Nachdem er seinen ersten Appetit gestillt hatte, hub er an: „Liebe Marie! Du hast schon längst den Wunsch ausgesprochen ich möchte die einmal die Umstände meines Lebens, bevor wir uns hier niedergelassen haben, erzählen. Es sind viele schmerzliche Erinnerungen, die sich an meine Vergangenheit knüpfen. Wie du weißt, bin ich eigentlich ein Schmied. Meine Sehnsucht, die Welt zu sehen, trieb mich hinaus in die Ferne. Ich kam nach Italien, arbeitete in Mailand und Rom, zuletzt in Neapel, dieser Stadt, die vielleicht in der schönsten Gegend der Erde liegt. Eines Abends wanderte ich durch die prächtigsten Straßen Neapels. Plötzlich zupfte mich jemand am Rockärmel. Als ich mich umkehrte, erblickte ich eine ältliche Frau, welche mich bat, ihr zu folgen. Furcht war von jeher meine Sache nicht, weshalb ich mich willig von der Matrone führen ließ. Zu meinem nicht geringen Erstaunen ward ich in einen der schönsten Paläste geführt. Über Marmorstufen gelangten wir in einen prächtigen Saal.

Auf einem Sopha saß eine schöne Frau, welche mir, als ich eingetreten war, freundlich entgegen kam, meine Hand ergriff und also mit mir redete: „Wundere dich nicht, Fremdling! daß ich dich auf so eine seltsame Weise einführen ließ, die äußerste Not drängte mich hierzu. Auf meinen Gängen zur Messe sah ich dich stets rüstig am Ambosse arbeiten, du gefielst mir. Sage mir auf Deine Ehre, bist du schon an eine Weib gebunden?" Als ich verneinte, fuhr sie fort: „Wohlan, so sage mir, ob du mich zur Gattin nehmen möchtest, wenn auch große Gefahr Deiner harrte?"

Ich war sogleich mit dem Jawort fertig. Jetzt erzählte sie mir, sie sei eines armen Schmieds Tochter. Ein alter vornehmer Neapolitaner habe sie gesehen, sie ihren Eltern abgekauft, erzogen und vor einigen Monaten zum größten Mißvergnügen seiner Verwandten sogar geehelicht. „Höre noch mehr!" fuhr sie fort „mein Gatte schied vor zehn Tagen von dieser Welt, nachdem er mich förmlich zur alleinigen Erbin seines ganzen Vermögens erklärt hatte. Hatte schon die Heirat die Gemüther der Verwandten wider mich aufgeregt, so wüthen sie jetzt noch mehr. Ich erbot mich, um sicher zu sein, gegen einen geringen Witwengehalt auf das gesamte Vermögen zu verzichten; allein damit schienen sie eben so wenig einverstanden. Geschwister habe ich keine, und meine Eltern schlummern längst im Schooße des Grabes. Allenthalben lauern Dolche auf mich. Wenn du mich schützend in ein anderes Land geleitest, so will ich gerne in Zukunft alle Mühen des Lebens mit dir tragen." Ich antwortete der schönen Frau, daß ich bereit wäre, sie bis ans Ende der Welt zu geleiten. Noch in derselben Nacht begaben wir uns auf die Flucht; sie hatte ein Kästchen mit Juwelen mitgenommen, und mir einen kostbaren Ring an den Finger gesteckt. Noch in den Straßen Neapels entging meine Freundin kaum einer großen Gefahr. Ein Bandite wollte ihr eben den gezückten Dolch in die Brust stoßen, als ihn mein Degen durchbohrte. In einer Stadt Ober-Italiens traute uns ein Priester. Maria ward meine Gattin und deine Mutter. Aber mein einziges Kind bist du nicht; denn du hast noch einen Bruder, der Antonio heißt und mehrere Jahre älter ist als du." „O, wo ist denn meine Mutter, wo mein Bruder?" frug heftig Marie. „Das will ich dir erzählen", sagte der Köhler, „Mehrere Jahre verlebten wir glücklich in Italien, als ...

Hier ließ sich ein fernes Pferdegetrappel vernehmen, als wenn ein Trupp Reiter nahte, und es war keine Täuschung. Damals wütete nämlich der siebenjährige Krieg, und das Heer des tapferen Herzogs Ferdinand von Brauschweig bekämpfte die Franzosen in jener Gegend. Fast jeden Tag fielen Scharmützel vor, und namentlich zeichneten sich durch einen an Verwegenheit grenzenden Muth die schwarzen Husaren aus, welche den tapfersten Regimentern des französischen Heeres furchtbar wurden. Ein Trupp solcher Husaren näherte sich jetzt, ein Jeder, in die Farbe der Trauer gehüllt, trug einen Todtenkopf, dies ernstmahnende Sinnbild auf der Stirne. Marie eilte ins Innere der Hütte, der Köhler blieb ruhig stehen. Am Ende des Zuges ritt ein schlanker Jüngling; das krause Schnurrbärtchen stand seinem blühenden Gesichte, aus welchem ein Paar schwarze Augen blitzten, allerliebst. Sein Pferd jedoch schien den Muth des Reiters nicht zu theilen. Vor der Köhler-Hütte sprang der Husar vom Pferde und ging rasch auf den Köhler los. „verstehst du vielleicht ein Hufeisen anzunageln?" frug er in barschem Tone. „Das kann geschehen, antwortete der Köhler und ging, um Nagel und Werkzeuge zu holen. Mittlerweile war der Husar auch in die Hütte gegangen und hatte die schüchterne, im Hintergrund sich bergenden Marie erblickt. „Ei, sieh da", rief er mit freundlicher Stimme, „hätt' ich doch nimmermehr geglaubt, daß in dieser Baracke solch eine holde Dirne zu finden wäre." Die erröthende Marie suchte zu entschlüpfen, doch er fing sie in seinen Armen auf und drückte ihr einen Kuß auf ihre Rosenwangen. Der Köhler aber stand mit erhobener Schürstange hinter dem Husar, ihm mit funkelden Augen zurufend: „Hör' Er, mein Herr. Das Mädchen laß' er in Ruhe, oder ich zerschmettere Ihm die Hirnschale!" Doch der Jüngling lachte ihn keck an, sagend: „Geh, Alter, nagle das Hufeisen an; wer könnte einem solchen Mädchen etwas zu Leid tun?" Während der beruhigte Köhler das Hufeisen befestigte, ruhten des schönen Jünglings Blicke auf der holden Marie. Der Köhler hatte seine Arbeit vollendet und der Reiter schwang sich leicht auf sein Pferd. „Nun, schönes Kind", rief er Marien zu, „noch einen Dienst begehre ich von Dir. Bringe mir einen Morgentrunk!" – „Bring eine Schale Milch, Marie" rief der Köhler. Der Jüngling nahm die Milch, trank sie und sagte dann, einen seelenvollen Blick auf das schöne Mädchen heftend: „O, könnt' ich immer bei Dir bleiben, holde Dirne! Doch wir werden uns einstens wiedersehen!" – Marie errötete und ein tiefer Seufzer entrang sich ihrer Brust; der Jüngling aber rief: „Lebt wohl!" und wandte sein Roß und sprengte davon-.

Beim Köhler war die Erscheinung des Reiters bald in Vergessenheit geraten; lange Zeit war er nur des Abends zu Hause, denn weit und breit ward er als Vieharzt geholt. Nicht so war es mit Marie. Das Bild des schönen Reiters schwebte ihr immer vor mit Sehnsucht harrte sie seiner Wiederkehr.

Als eines Abends der Köhler nach Hause kam, sprang ihm Marie freudig entgegen. „Er war da", rief sie ihrem Vater zu. – „Wer?" frug dieser, lang und gedehnt. „Der schöne Reiter!" lautete die Antwort, „und er will mich, wenn der Krieg zu Ende ist, heiraten. Zum Unter-

pfande seiner Treue hat er mir diesen Ring gegeben." Erstaunt sah der Köhler seine Tochter an. „Gib mir den Ring!" gebot er, etwas unwillig. Marie gehorchte; der Alte drückte an der verborgenen Feder und das Bild eines schönen Frauenzimmers in fremder Tracht ward sichtbar. „Wie nannte sich der schöne Reiter?" frug mit unbeschreiblicher Hast der Köhler. „Antonio Francesco, glaub ich", sagte das Mädchen. „Wenn der Herzensjunge nur noch einmal hier wäre!" rief der Köhler aus. Zu Marien gewendet sprach er: „Heiraten darf er dich nicht, denn wisse, er ist dein Bruder!" – Marie ward bleich. Doch ihr Vater fuhr fort: „Als ich dir meine Geschichte erzählte, wurden wir von den Husaren unterbrochen. Nun die Fortsetzung derselbsn, damit du jetzt erfährst, welche Bewandtnis es mit dem Ringe hat. Mehrere Jahre hatten wir glücklich in Italien gelebt, als deine Mutter den Wunsch äußerte, einige Zeit in Rom zu bleiben. Ich war nicht dawider und wir begaben uns auf die Reise. Dein Bruder Antonio war ein munterer Knabe; erspielte unterwegs mit diesem Ringe, den ich am Finger trug, und zog mir ihn aus; ich lies es geschehen." Er nahm ein Band, befestigte den Ring daran und hing sich denselben um den Hals. – „Da krachte plötzlich ein Schuß, Deine Mutter stürzte todt an meiner Seite nieder: wir waren von Räubern überfallen. Ich kämpfte wie ein Wütender, aber all mein Widerstand war vergeblich. Ich und du wurden gefangen von den Räubern. Die Kutsche samt deinem Bruder und deiner armen unglücklichen Mutter wurden von den scheu gewordenen Pferden im Galopp davon geführt; die Räuber hatten sich jedoch bereits fast aller Kostbarkeiten bemächtigt, und mir blieben nur etliche Juwelen übrig, die ich in meine Unterkleidern eingenäht trug. Wenig oder gar nichts wird dir noch aus jener Zeit erinnerlich sein, denn du zähltest kaum drei Jahre. Bald gelang es mir, mich und dich der Gewalt der Räuber zu entziehn. In Rom erfuhr ich, daß ein deutscher Graf sich deines Bruders angenommen habe; wer, habe ich nie erfahren. Unsere späteren Unglücksfälle sind dir bekannt." – So viel Mühe sich der Küster auch gab, den Aufenthalt seines Sohnes auszuforschen, so gelang es ihm dennoch nicht, denn die schwarzen Husaren befanden sich in allen preußischen Armeecorps vertheilt. Das Jahr 1763 brachte Deutschland den erwünschten Frieden. Die Heere zogen sich in Standquartiere. Eines Tages hielt ein Offizier der schwarzen Husaren, von einem Reitknecht begleitet, vor der Hütte des Köhlers. Sein benarbtes Gesicht beschattete ein schwarzer Bart, und seine Brust schmückte ein Orden. Rasch schritt er in die Hütte. Nach kurzer Zeit lag er dem alten Köhler in den Armen, und begrüßte statt einer Braut eine liebevolle Schwester. –
Der Garf Xaver von A. war es, der sich des verlassenen Antonio angenommen hatte. Zum Jünglinge herangereift, nahm er Dienste in

Friedrichs siegreichem Heere, und durch Muth und Tapferkeit ward er bald Offizier. Nach kurzer Zeit hatte die Köhlerhütte einen andern Bewohner, denn Antonio Francesco hatte Vater und Schwester mit sich in seine Garnisonstadt genommen.

Skizzen aus dem Hinterland

Vielen ist das Hinterland, jener schmale von Süden nach Norden ziehende Teil des der ehemals Gorßherzoglich Hessischen Provinz Oberhessen, nur dem Namen nach bekannt und ist von der hessischen Rheinprovinz und von Starkenburg gar oft mit Sibirien verglichen worden. Aber mancher hat sich doch schon geirrt. Es finden sich im Hinterlands hin und wieder altertümliche Reste einer glorwürdigen Vorzeit. Durch Biedenkopf fließt die sogenannte Cottenbach (was dasselbe sein soll mit Chattenbach), an deren Ursprung, wie die Sage geht, ein Chattenfürst begraben liegt. Insbesondere ist die Stätte zu erwähnen, wo vordem ein Jagschloss Landgraf Ludwigs VIII. im sogenannten Katzenbach, eine halbe Stunde von dem Dorfe Eckelshausen entfernt, gestanden hat, wovon jetzt kaum noch Spuren zu erkennen sind, in dessen Nachbarschaft aber noch die Häuser von den Nachkommen der früheren leibeigenen Bauern bewohnt werden, in deren Munde die Erzählungen von den Jagdtaten jenes Landgrafen, der jährlich vier Wochen zu diesem Behufe dort zugebracht haben soll, fortleben. – Nächst diesen verdient das Schloss, dicht über Biedenkopf auf einem das Lahntal beherrschenden malerischen Kegel gelegen, Erwähnung. Es ist in noch ziemlich erhaltenem zustande und wurde aus den von Sr. Königlichen Hoheit dem verstorbenen Großherzog Ludwig III. zu dergleichen Zwecken bestimmten Mitteln in seinen etwas zerfallenen Ringmauern wieder ausgebessert. Sein Alter mag bis in den Anfang des 14. Jahrhunderts hinaufreichen, da es der Sage nach von Heinrich des Kindes Sohn Otto, der in Marburg residierte, erbaut wurde, worauf Heinrich II., der Eiserne der einen Theil der Herrschaft Itter erwarb, dieses Schloss von Zeit zu Zeit bewohnt haben soll. Noch jetzt schrecken sich die Kinder, wenn sie ob en an den Mauern des Schlosses spielen, mit dem Ruf: „Last, der Eiserne Heinrich kimmt!" Ein ähnliches, doch ganz zerfallenes Schloss befindet sich oberhalb Hatzfeld an der Eder und ein alter Wartturm auf dem Burgberg zu Battenberg, das vordem der Sitz eigener Grafen gewesen, bis es Heinrich III., damals Landgraf zu Oberhessen, an seine Herrschaft brachte. Eine Viertelstunde oberhalb Battenberg an der Eder liegt ein Dörflein, die sogenannte Gröge, wo einer früheren Concession gemäß ein zigeuner-Häuschen, eine niedrige Hütte, mit einem einzigen Stubenraum steht. Dahin ziehen sich noch immer alljährlich im Winter einzelne Zigeunerfamilien hin, welche wahrsagend und Speck und Mehl bettelnd die Ortschaften umher besuchen. Als eine besondere Rarität verdient eine uralte Frau aus Battenberg, welche unter dem Namen Bärbel bekannt war, erwähnt zu werden. Diese ist in keinem Kirchenbuche eingeschrieben, keine Gemeinde erinnert sich eines Anrecht an ihre Person; ohne irgend einen Angehörigen irrte sie von Dorf zu Dorf, einen Stab in der Hand, ihre ganze Habe mit sich schleppend, nämlich den Anzug, den sie trug, einen Vogel in einem Korbe und einen kleinen garstigen Hund neben sich oder in der Schürze beim Brod. Sogar meine Eltern erinnern sich nicht, sie je jugendlich gesehen zu haben, und man schätzte ihr Alter über hundert Jahre. Wenn es hieß: „Das Bärbel ist da." Dann waren wir sämtlichen Jungen, wie mit einem Zauberschlag, alle beisammen und folgten ihr dann Schritt auf Tritt durch den ganzen Ort hindurch. Sie soll Buttermilchsuppe gern gegessen haben. Wenn wir Jungen dann fragten: „Bärbel, was isst du gern?" Dann antwortete sie jedesmal: „Bottermilch äß mei Läwe"! Rührend war ihr Auftreten am Charfreitage, wo sie in geschenkten Kleidern einmal das heilige Abendmal genoss.

Bekanntlich zeichnen sich die Hinterlander Landleute durch sehr nationale Trachten aus. Vorzüglich findet sich diese Originalität beim weiblichen Geschlecht. Namentlich ist ihre Kopfbedeckung ganz eigentümlich, welche sie Mutsche nennen. Am auffallendsten ist diese Kopfbedeckung im Grund Breidenbach. Da wird die Kopfbedeckung Stülpchen genannt. Dasselbe bedeckt drei Viertheile des Kopfes und steht auch noch etwa 5 Cm. Hinten am Kopfe ab. Jeder Bezirk, ja fast jedes Dorf hat seine eigene Kleidung und Farben. Eine ziemlich schauerliche Sitte ist, daß sich die Bauersweiber bei Regenwetter mit großen Tüchern umhängen, die einem Leichengewande sehr gleichen. Das Temperament des Hinterländers ist im Ganzen eher gutmütig und heiter, als roh und lärmend. Mit vergnügen hört man gewiß den Gesang der Hinterländer Bauernmädchen, welcher etwas schrill und ungeschmeidig lautet, doch durch ein festes und sicheres Ensemble keinen unangenehmen Eindruck macht. Daß sich unter den Hinterländerinnen auf dem andere viele Schönheiten befinden, ist schon aus den vielen Bildern von solchen zu mutmaßen. Die vorherrschend helle Hautfarbe und blonde Haare. – Das Hinterland ist durchgängig Gebirgsland. Die zahlreichen Schieferberge liegen dicht zusammen und lassen Lahn und Eder nur schmale Durchgänge. Das Thal der Lahn breitet sich eine Stunde abwärts Biedenkopf bis auf eine halbe Stunde aus, ist aber größtenteils nur 1000 – 2000 Schritte weit. In diesen Strecken liegt fruchtbares Ackerland; in übrigen schmalen Thälern sind zum Teil Wiesen, zum Teil Acker angelegt. An den Bergen ist die Buche das herrschende Forstholz, darunter macht die Eiche einen wesentlichen Bestand.

Im Ganzen genommen, ist Wald im Überfluß da. Was Hochwild anbelangt, so trifft man in der Oberförsterei Biedenkopf noch viele Rehe an. Doch der größte Rehbestand kommt in der Oberförsterei Battenberg und Dodenau vor. Für den Jäger hat die Hasenjagd wenig Interesse, da dieses Wild in der that hier rar ist. Dagegen verdient diese Gegend wegen ihres besonderen Reichtums an Schnepfen, welche hier, besonders in der Nachbarschaft des höchsten Punktes, der Sackpfeife nisten Erwähnung. Auch Auer- und Haselhühner sind hier nicht selten. In der Lahn gibt es recht viele Fische, namentlich Hechte und Forellen. Wegen der steinigen Schieferberge sind die Fahrkühe an den Klauen sämtlich beschlagen.

Was dem Hinterland an Fruchtbarkeit in vieler Beziehung abgeht, wird auf der anderen Seite in Bezug auf Schönheit ersetzt. Reisende habe ich sagen hören, unter den vielen Gegenden, die sie des Vergnügens halber besucht hätten, wäre ihnen keine so reizend erschienen wie diese.

Seit dem Jahre 1882 läuft durch das Lahntal eine Eisenbahn. Auf der Höhe von Dautphe entfaltet sich dem Auge eine entzückende Aussicht, den Lahnfluß entlang bis auf das in der Ferne an einem kegelförmigen Berge ruhende Biedenkopf.

Eins der herrlichsten Thäler im Hinterlande aber ist das Ederthal. Ein weites Thal, welches sich in seiner Breite fast bis hinab nach Frankenberg zieht, von wo aus dasselbe dann wieder enger wird. Eine dem Auge weithin reichende Aussicht ist die von Battenberg aus. Steht man am Pfarrhause in Battenberg, so kann man dieses fruchtbare Thal in einer Länge von 2 1/2 Stunde übersehen. Bei hellem Wetter sieht man noch einen Theil der Stadt Frankenberg mit ihrer Kirche. Zu Füßen hat man das Dörfchen Battenfeld, wo einst Karl der Große die Sachsen schlug. Als die Straße, welche von Battenfeld nach der Kröge führt, gebaut wurde, fand man beim Ausgraben (unweit der Kröge) eine Menge kleiner Hufeisen und Kugeln. Letztere hatten die Größe eines mittelmäßigen Apfels. Noch heute kann man dort in manchen Häusern von diesen Kugeln zu sehen bekommen, wo sie die Stelle der Uhrgewichte vertreten. Am Fuße des Berges schlängelt sich die Eder durch dieses fruchtbare Thal hin, begrüßt auf ihrem Lauf die Stadt Frankenberg, um von da aus ihren Lauf weiter durch die Herrschaft Itter, welche vor 1866 noch zum Großherzogtum Hessen gehörte, fortzusetzen. Auch die Eder ist sehr fischreich, sogar an Salmen, welche aus der Weser heraufsteigen. Ungefähr fünf Minuten von Battenfeld, die Eder abwärts, liegt Allendorf, ein großes Dorf. Von diesem Dorfe aus, in nördlicher Richtung, zieht sich ein schmaler Wiesengrund über eine Stunde lang bis an die Gemarkung Bromskirchen hin. Durch denselben ergießt sich ein schon starker Bach, die Lensphe genannt, welcher unterhalb Allendorf in die Eder mündet. Auch diese Thal bietet dem Auge Naturschönheiten dar. Weiter eine Stunde über dem Dorfe, ebenfalls in nördlicher Richtung, liegt eine Colonie, Osterfeld genannt. Auffallend ist für den Fremden der Dialekt dieser Leute. – Weiter die Eder zehn Minuten abwärts liegt Rennertehausen, ebenfalls ein Dorf mit fruchtbarer Gemarkung. – ungefähr drei Viertelstunden in nordöstlicher Richtung von Allendorf entfernt, hat früher noch ein Ort, Bönighausen genannt, gestanden. Da sieht man jetzt noch Reste einer zerfallenen Mauer, wo der Sage nach, die Kirche gestanden haben soll. Noch jetzt wird der Weg dahin der „Pfaffenweg" genannt. – Battenberg hatte ums Jahr 1238 zum Theil dem Grafen von Wiesenfeld, bei Frankenberg gelegen, und dem Grafen Siegfried von Wittgenstein gehört. – Auch der Oberlahngau war ums Jahr 1238 in zwei Hauptgerichtsorte geteilt. Den einen zu Wetter, auch Stift genannt, den andern zu Rachelshausen im Kirchspiel Gladenbach. Auch Eckelshausen hatte noch zu Rachelshausen gehört, - Wenn es im Hinterland etwas länger als in niedern Gegenden rauh ist, so ist doch kein Mangel an Holz; wenn der Felder nur wenige sind, die den trefflichsten Weizen und zarte Ölpflanzen tragen, wenn es an seinen Gemüßen, dem Weinstock und ausgesuchten Obstsorten fehlt, so verhungert darum der Hinterländer nicht, und macht ihm der anmutige Wechsel seine Berge und Thäler und das Grün seiner Wälder seine Heimat doch lieb und wert. Es komme, wer von den Schrecken des Buchfinkenlandes gehört hat, im Mai, um daselbst zu sehen, und er wird mit Vergnügen an diese arkadiengleiche Landschaft zurückdenken.

Der Glockenguss zu Marburg

In Marburg wütete die Pest und raffte zahlreiche Opfer dahin; auch Feuersbrünste entstanden zu dieser Zeit und zerstörten zum größten Teile die Häuser der Stadt. Da machten die Bewohner ein frommes Gelübde, nämlich eine neue, große Glocke gießen zu lassen, und daraufhin blieb die Stadt von weiterer Heimsuchung verschont.

Der Guß wurde einem bewährten Meister übertragen, und dieser machte sich froh und freudig ans Werk. Doch der erste Guß mißlang. Zum zweiten Male ging er an die Arbeit, achtete genau und sorgsam auf alles, berechnete die Mischung und Menge des Metalls, jedoch vergeblich, denn auch dieser zweite Guß wollte nicht gelingen; es schien, als fresse die Flamme das Metall, immer weniger und weniger wurde dieses. Voll Verzweiflung rang der Meister die Hände. Zahlreiche Glocken hatte er schon gegossen; sie klangen im Drautale wie im Tale der Sann, riefen die Gläubigen zum frommen

Gottesdienste, verkündeten Freud und Leid. Und gerade diese neue Glocke sollte nicht gelingen?

„Der Himmel will nicht, daß die Glocke werde!" riefen die Bewohner der Stadt, welche zahlreich herbeigeeilt waren, um in der Werkstätte des Meisters dem Gusse beizuwohnen und sich dann zu freuen, wenn das Werk gelungen, und die nun mit Entsetzen sahen, wie die feurige Masse immer geringer wurde. „Der Himmel will nicht, daß die Glocke werde!" riefen sie und fielen demütig nieder, beugten ihre Knie vor dem Herrn, auf das er dem Werke und der Stadt gnädig sei. Und aus der Schar der Bestürzten trat ein junges, tugendhaftes Weib hervor, riß den blinkenden Silbergürtel vom prächtigen Gewande, das ihren Leib umhüllte, und warf ihn in den Kessel, darin die eherne Glockenspeise als feurigflüssige Masse kochte. Dieses schöne Beispiel wirkte. Jeder riß vom Kleide, was er an Schmuck aus edlem Metalle am Leibe trug. Mütter, Jungfrauen, Greise und Jünglinge schleppten alle ihre Silberschätze herbei; Spangen, Ringe, Münzen, ja selbst die kostbarsten Prunkgefäße wanderten in den Kessel. Und als ob dem Herrn des Himmels dieses Opfer wohlgefällig wäre, hörte nun die Glockenspeise auf, immer weniger zu werden, es schmolz das Silber und vereinigte sich mit dem übrigen Metalle so, daß nun alles zum Gusse vorbereitet werden konnte.

Andachtsvoll betend, harrte die Menge der Vollendung des Werkes, und als der Guß gelungen, als der Meister die Form zerschlagen hatte und nun die Glocke in ihrem Glanze sich den Augen der Anwesenden zeigte, ertönte lauter Jubel, erschollen fromme Dankeslieder.

Der Tag, an dem die Glocke emporgezogen werden sollte, war ein Festtag für die Bewohner der Stadt und der Umgebung. Alles eilte im Festgewande herbei, um der Feier beizuwohnen. Alle Vorbereitungen waren auf das sorgfältigste getroffen, die stärksten Stränge ausgesucht worden, um die große Glocke emporzuziehen. Aber wieder schien es, als zürne der Himmel, als sei er noch nicht ganz besänftigt durch die gebrachten Opfer. Denn es riß der erste Strick, dann der zweite und der dritte, so daß die schwere Glocke nur mehr an einem Strange hing, gleich einem Zentnergewichte an einem dünnen Zwirnfaden. Bestürzt wich die Menge nach allen Seiten aus und floh, konnte ja doch die Glocke jeden Augenblick in die Tiefe stürzen. Nur die Schar der weißgekleideten Festjungfrauen blieb; betend warfen sich die frommen Mädchen auf die Knie, und es war, als hätte ein Engel das Flehen der Unschuld vor den Thron des Allbarmherzigen getragen.

Denn siehe, die Glocke hob sich höher und höher an dem einzigen Strange und rasch wurde sie dann zum Turmfenster hereingezogen.

Bald darauf zeigte ihr eherner Klang an, daß der Himmel nicht mehr zürne. Und seitdem läutet sie den Bewohnern der schönen Stadt am Draustrande zum Gottesdienste, zur Festesfreude wie zum bitteren Leide.

Entzauberung.

Hastu ein Noß (d.h. ein Stück Vieh), das auch der Ding halben, so nim deiner frawen schleyer vnd streich das Noß von vorn an biß hinten auß 3 mal, vnd was du abwischest, samel in ein schüssel vnd thu das dan in ein jssern tupffen, vnd thu kolen daruntter, vnd nim dan ein eisern keil, stoß das gemulchen damit vnd sprich: nu wil ich treffen den der mir den schaden thutt in der 3 fürsten nahmen, so vber alle Zauberer vnd Zauberschen zu gebietten han.

Aus den Papieren des 1605 zu Marburg wegen Zauberei verbrannten J. Köhler von Riederurf. Mitgeth. v. Landau in der Zeitschr. etc. II, 280.

Alb erwischt

Ein Arbeitsmann hatte nachts keine Ruhe vor dem Alb, war dessen endlich müd und nahm sich vor, wenn er wieder käme, dann wolle er ihn packen, um zu sehn, wer ihm den Tort anthue. In der folgenden Nacht kam der Alb nach gewohnter Weise, ihn zu plagen; er aber faszte schnell seine Decke zusammen, holte sein Licht, welches er schon bereit gestellt hatte und öffnete vorsichtig die Decke und was fand er? Einen Pantoffel. ‚Gut‘ sprach er, ‚du sollst mich nicht wieder Pantoffeln, ‘ nahm Hammer und Nägel und nagelte den Pantoffel an die Tür, und als er morgens aufstand, was fand er? – Seine Frau, die mit einem Ohr an der Thür festgenagelt hing. Da wuszte er wo der Has im Pfeffer lag.

Der Kuckuck.

Der Kuckuck wird bei uns, wie der Storch und die Schwalbe, zu den Vögeln gezählt, welche beim Volke noch in besonderem Ansehen stehen. Storch und Schwalbe bringen Segen über das Haus, auf und an welchem sie nisten; aber dem Kuckuck wird die Gabe der Weissagung zugeschrieben. Wenn der Kuckuck ruft, singen (z.B. in Cassel und Wolfhagen) die Kinder:

Kuckucksknecht!
Sag mir recht,
Wie viel Jahr ich noch leben soll?

Sovielmal, als darauf der Kuckuck ohne Unterbrechung ruft, soviel Lebensjahre stehen Dem, welcher gefragt hat, noch in Aussicht.

Baldrian und Dost.

Um das Melkvieh gegen Hexerei zu sichern, hielt man für gut, Baldrian und Dost in den Stall zu streuen. Eine Hexe schlich einmal an einem Stalle, in welchem diese Kräuter zwischen dem Streuzeug lagen, vorüber, lugte hinein und murmelte:

Ach, Baldrian und Dost!
Das han ich nit gewost.
und ging sogleich weiter.

Erbschlüssel.

Man bindet einen Erbschlüssel in ein Erbbuch, entweder eine Bibel oder ein Gesangbuch, dergestalt, daß der Griff oben quer heraussteht. Zwei Personen fassen mit dem Zeigefinger unter den Griff, heben das Erbbuch damit auf und halten es so schwebend auf den Fingern. Während dem liest ein Anderer aus einem Erbbuche ein sonntägliches Evangelium laut vor und hat dabei stets den Namen dessen im Sinne, der ihn, wie er glaubt, bestohlen hat. Ist es wirklich der Dieb, so dreht sich während dem Lesen der Schlüssel auf den Fingern der Beiden, welche das Erbbuch halten, ist er's nicht, so bleibt er unbeweglich.

Das Grille

In Kornfelder lässt sich oft ein Gespenst sehen, das Grille, womit die Knaben einander Furcht einjagen. Was es eigentlich ist und welche Gestalt es habe, weisz man nicht mehr.

Mittel gegen Zahnweh.

Der Leidende geht gesenkten Hauptes abends, nach Sonnen-
untergang, nach dem Schindanger, stillschweigend, ohne Jemand zu
grüßen, oder den Gruß eines Vorübergehenden zu erwiedern. Dort
angekommen sucht er ein Knöchelchen, steckt es in die Tasche und
geht wieder stillschweigend nach Hause. Am andern Morgen geht er,
vor Sonnenaufgang, nach dem Anger zurück, sticht mit dem gestern
gefundenen Knochen, er mag so schmutzig sein, wie er will, um den
schmerzenden Zahn herum, bis das Zahnfleisch zu bluten anfängt,
gräbt dann den Knochen in die Erde und sagt: so wie ich dich hier
vergrabe, so sei auch mein Zahnweh begraben; im Namen Gottes des
Vaters, des Sohnes und des Heiligen Geistes, Amen! – Der
Zahnschmerz wird sogleich für immer vergehn.

Die Kornähre

Ein Schreinergeselle klagte einem klugen Mann, dasz er jede Nacht
gedrückt werde, und wisse nicht, von wem. Der Mann versprach ihm
zu helfen und legte sich die folgende Nacht neben sein Bett, das in der
Werkstatt stand. Um elf Uhr hörte er den Alb durch ein Löchlein in
der Wand hereinschlüpfen, worauf der Andre auch gleich zu ächzen
anfing; da sprang er auf und verstopfte die Öffnung. Als das
geschehen war, weckte er den Gesellen, hiesz ihn ein Licht anzünden
und durchsuchte mit ihm die ganze Werkstatt. Sie konnten nichts
Verdächtiges finden, als eine Kornähre, die schraubte der kluge Mann
in den Schraubstock. Des andern Morgens fanden sie statt der Ähre
eine nackte Weibsperson darin

Der Alb aus der Fremde

In Oberhessen war ein Bursch, der jede Nacht von einem Alb gedrückt
wurde, dasz er ganz dahinschwand. Sein Vater beschlosz, den Alb zu
fange. Er schnitzte einen hölzernen Pfropf, der genau auf das
Schlüsselloch paszte, durch welches der Bursch schon mehrmals ein
Ding wie ein Mäuschenhatte hereinschlüpfen sehen. Die Nacht schlief
er neben seinem Sohn, und als der wieder zu ächzen und zu stöhnen
anfing, sprang er rasch aus dem Bett und verschlosz das
Schlüsselloch. Als es hell wurde, sahen sie, was sie gefangen hatte, es
war ein nacktes Mädchen, so wunderschön und lieblich, wie sie noch

keines gesehen. Sie weinte sehr und wuszte nicht, wie sie hierher gekommen, so weit weg von Haus. Der Bursch aber liesz ihr schöne Kleider machen und nahm sie zum Weibe.

Als er nun über ein Jahr lang glücklich mit ihr gelebt und ein Kind von ihr bekommen hatte, drang sie eines Tages gar sehr in ihren Mann, er möge den Pfropf aus dem Schlüsselloch nehmen. Er that es, - und verschwunden war sie.

Nach drei Jahren, als er längst alle Hoffnung aufgegeben hatte, sein Weib wiederzusehen, kam eines Tages ein prächtiger, mit sechs Rappen bespannter Wagen zum Dorf hereingefahren und hielt vor dem Hause des verlasz2nen Ehemanns. Zwei Bedienstete in stolzer Livre rissen den Schlag auf und heraus stieg eine wunderschöne Dame, welche dem Bauern um den Hals fiel und ihn als ihren Gemahl begrüszte.

Damals, als er das Schlüsselloch öffnete, war sie nach Haus geeilt und kam jetzt zurück, um ihn und ihr Kind abzuholen und zwar sechshundert Stunden weit fort in ihre Heimat. Das ist vor hundert Jahren geschehen.

Das Zauberhorn

Es war einmal ein Landgraf von Hessen, der hatte einen Diener, der hiesz Johann und verstand sich auf feine Künste, besonders was die Jagd betrifft. Er basasz nämlich ein wunderbares Horn und wenn der Landgraf irgendein Wild schieszen wollte, so brauchte er nur zu sagen: ‚Johann, blas das Horn, ' und hatte nicht einmal nötig, das Wild zu nennen. Sobald Johann blies, kam das Thier, welches der Landgraf sich wünschte und lief ihm in den Schusz.

Die beiden Schwestern

In einem Dorf in Oberhessen lebten zwei Schwestern, davon war die eine arm, die andre reich. Eines Tages ging die arme zu der reichen und sprach, sie solle ihr doch sagen, wie sie es anfangen müsse, um auch reich zu werden. Die andere hiesz sie mit in ihre Küche zu gehen, schmierte sich selbst und ihrer Schwester die Füsze mit einer Salbe und sagte ‚Alles, was sie jetzt thue, das solle sie auch thun. Dann trat sie auf den Herd und sprach:

‚Fahr auf und fahr nieder,
fahr nicht in alle Ecken wieder. '

Und kaum hatte sie es ausgesprochen, so fuhr sie durch den
Schornstein hinaus. Die Andre wollte ihr gleich thun, hatte aber das
Wort ‚nicht' in der zweiten Zeile des Versleins überhört, und sprach:

‚Fahr aus und fahr nieder,
fahr in alle Ecken wieder. '

da fuhr sie auch durch den Schornstein in die Höhe, stiesz sich aber
unterwegs überall an, so dasz sie ganz voll Blut war, als sie oben
heraus kam.

Nun flog sie ihrer Schwester nach, und Beide kamen bald auf einer
groszen Wiese an. Hier waren schon gar viele andere Weiber
versammelt, und ein grauer Mann führte einer jeden einen schwarzen
Geisbock zum Reiten vor. Die Böcke fingen nun an, wie toll mit ihren
Hexen herumzuspringen und zu tanzen, dabei wurde gejubelt und
geschrieen und der graue Mann spielte dazu auf.

Als aber die Stunde schlug, fuhren auf einmal alle Hexen fort durch
die Luft, nur die arme Frau wuszte nicht recht, wie sie es anfangen
solle. Auf einmal fing der Bock an mit ihr fortzuspringen und hielt
nicht inne damit, bis er an ein groszes Wasser kam; hier warf er sei ab
und verschwand. Sie raffte sich auf und schaute sich um, konnte aber
die Gegend nicht erkennen. Zwei Tage ging sie an dem Wasser hin
und her und suchte nach einer Brücke oder einer Fähre, traf aber
keinen Menschen an und kam fast um vor Hunger und Durst und
Ermüdung. Am dritten Tage stand plötzlich der graue Mann wieder
neben ihr und sagte, wenn sie sich ihm jetzt ganz zu eigen gebe, auch
ihm die erste Seele, das erste Kind, versprechen wolle, so werde er sie
nach Hause schaffen. Die Frau willigte ein, und der Graue fuhr mit
ihr fort durch die Luft und lies sie wieder durch den Schornstein ihrer
Schwester hinabfallen. Vorher aber hatte er sie gefragt: ob er mit ihr
essen solle, oder ob sie mit ihm esse wolle? Sie hatte gesagt, sie wolle
mit ihm essen, und von dem Tage an brachte er ihr Alles, was sie zur
Speise bedurfte, auch Geld und was sie sonst haben wollte, so dasz sie
ihren Wunsch nach Reichthum erfüllt sah, freilich um den Preis, den
kein ordentlicher Christenmensch gegeben hätte, denn das erste Kind,
welches sie bekam, war des Teufels.

Eifersüchtige Katze

Ein Bursche pflegte oft nachts zu seinem Schätzchen zu gehen. Da begegnete ihm aber jedesmal eine schwarze Katze, die hinter oder neben ihm her lief, bald ihm den Weg verrannte und ihn mit ihren glühenden Augen anguckte, dasz ihm ganz grausig zu Muthe ward. Endlich nahm er einmal seinen Kameraden mit, der sich auf Zauberdinge verstund. Es währte nicht lange, so sahen sie die Katze vor einem Zaune sitzen; da macht der Kamerad sein Garten-messer auf und warf es über das Thier hinweg. Jetzt sahen sie plötzlich statt der Katze ein Mädchen aus dem Dorfe vor dem Zaune liegen, nackt wie Gott sie geschaffen, die hatte den Burschen schon längst heimlich lieb gehabt und war ihm eifersüchtig auf Schritt und Tritt nachgefolgt.

Die beiden Katzen

Ein Bursche wollte sich zu einem Bauer verdingen. Der warnte ihn endlich und sprach: ‚Ich rat dir's nicht; so viele Knecht hab ich schon gehabt und keiner hat die dritte Nacht überlebt. ‘ Der Bursch aber fürchtete sich nicht und sagte, er wolle es wagen. Er war aber zufällig von denen Einer, über die kein Zauber Gewalt hat. In der dritten Nacht bleibt er wach, stellt sich aber schlafend; da sah er bald zwei schwarze Katzen sich gegenüber, ihm zu Häupten und zu Füszen sitzend. Die eine sagte: ‚Er bevt, ‘ die andre: ‚Er bevt nicht, ‘ die eine wieder: ‚Er bevt, ‘ die andre: ‚Er bevt nicht' und so fort; denn das heißt in der Hexensprache: er schläft. Als es ihm zu lange währte, sprang er auf, nahm sein Messer und hieb der einen eine Pfote, der andren eine Kralle ab, worauf sie entwichen. Die zwei Gliedmaszen aber wickelte er in ein Tüchlein und brachte sie morgens hinunter. Da fand er des Bauern Weib und Schwester im Bett und unpasz; als der Knecht ihnen die Decke kurz und gut herunter zog, fehlte der Einen eine Hand, der Andern ein Finger. Da taht er sich mit dem Bauern zusammen, sie machten hinter dem Haus ein groszes Feuer und verbrannten die beiden zu Asche.

Das jammernde Irrlicht

Ein Jägerbursche sah jeden Abend, wenn er nach Hause ging, ein Irrlicht, das folgte ihm auf seinem ganzen Weg und flehte mit jammernder Stimme um Erbarmung, weil er zu seiner Erlösung ausersehen sei. Aber der Jäger war ein rauher Geselle und achtete nicht nur nicht auf das Flehen des Geistes, sondern verspottete und verhöhnte ihn noch gar. An einem recht kalten und dunklen Winterabend bat der Geist ihn dringender und flehender, als je zuvor. Zürnend über das Klagen und fortgesetzte Jammern griff der Jäger zur Büchse, spannte den Hahn und ein Schusz knallte durch die Nacht; zugleich aber scholl, den Schusz übertönend, ein furchtbarer Klageruf und das Irrlicht war verschwunden. Den Jäger ergriff ein eiskalter Schauer, er eilte nach Hause, wie gepeitscht von unsichtbaren Händen, matt und kraftlos kam er an und warf sich auf sein Bett. Am folgenden Morgen fand man ihn kalt und todt.

Wie einmal der Teufel von einem Hessen geprellt wurde

Ein Mann, dem es schlecht ging, schlich trübselig durch den Wald und dachte mehr ans Sterben, als ans Leben. Da trat ein grüner Jäger auf ich zu und fragte ihn, was ihm fehle. ‚Mein Haus und Hof sind abgebrannt, ' antwortete der Mann, ‚und ich kann sie nicht wieder aufbauen, denn ich habe kein Geld und ohne Geld arbeitet keiner für mich. Meine Äcker müssen gepflügt und geeggt und gesäet werde und alle meine Knechte haben mich verlassen. ' ‚Wenn's nur das ist, ' sprach der Jäger ‚dem kann geholfen werden. Ich will dir dienen, wenn du mir immer Arbeit gibst, hast du aber keine, so bist du mein. Willst du das? ' Der Mann dachte: ‚Arbeit will ich schon immer für dich haben, daran soll es nicht fehlen, ' und ging den Vertrag ein. Das erste, was er dem Fremden, der Niemand als der böse Feind war, zu bauen aufgab, war natürlich das abgebrannte Haus, aber das machte demselben nicht lange Arbeit, es stand schon am folgenden Morgen da. ‚Nun ackere und egge meine Äcker, ' sagte der Mann, dem jetzt schon ein bischen schwül wurde, und am folgenden Morgen war alles Land in der schönsten Ordnung und der Böse sagte lachend: ‚Wo ist mehr Arbeit? ' ‚Baus mir eine Strasze bis zur Stadt' sagte der Mann, dem der Angstschweisz in dicken Tropfen auf die Stirn trat, denn er sah wohl ein, wie leichtsinnig er gehandelt hatte, schlich auch den ganzen Tag trüb und finster umher. Das sah seine frau und fragte ich, was ihm denn jetzt noch fehle, da er ja alles schöner besitze, als vor seinem Unglück. Er wollte Anfangs nicht mit der Sprache heraus, endlich aber sagte er ihr alles und verschwieg ihr nicht, dasz er nicht manchen Tag mehr zu leben habe, weil der böse alle aufgetragne Arbeit gar so schnell fertig bringe. Da lachte sie, sprach, da sei leicht zu helfen und gab ihm einen so guten Rath, dasz er wieder ganz heiter wurde.

Am folgenden Morgen kam der Böse wieder und fragte hohnlachend: ‚Wo ist mehr Arbeit?‘ ‚Komm mit mir,‘ sprach der Mann und ging mit ihm auf einen Sandbuckel, nahe bei seinem Haus: ‚Das Seil am Brunnen ist faul,‘ sprach er dort, ‚drehe mir aus dem Sand ein Seil, welches meine Kindeskinder noch aushält.‘ ‚Das hat dir ein anderer gerathen, der klüger ist als du,‘ rief der Böse wütend und verschwand, während der Bauer ihn herzlich auslachte.

Die zugeriegelte Thür

Ein heiteres neckisches Mädchen kam jedes Jahr bei entfernt wohnenden Verwandten zum Besuch und mit ihr zog ein frohes Treiben in die Familie ein. Sie machte Scherze jeder Art, besonders aber riegelte sie gern die Thüren von innen zu, so dasz man sie oft lange vergebens suchte, oder dasz der oder jener herausgesperrt war und erst lange gute Worte geben muszte, bevor sie ihn einliesz.

Plötzlich bekam das Mädchen die Auszehrung, doch ahnte sie davon nichts und auch ihre Eltern und Geschwister hielten die Sache nicht für so sehr gefährlich. Die Krankheit nahm jedoch zu und das Mädchen muszte sich zu Bette legen. Als nun der Tag herankam, wo sie zu ihren Verwandten zu abreisten pflegte, erinnerte sie sich mit Freuden der vielen Scherze, welche sie bei denselben getrieben und rief: ‚Ach könnte ich dort nur noch einmal die Thüre meines Schlafzimmers verriegeln!‘ Kaum hatte sie das Wort aus dem Munde, als sie todt auf ihr Kissen zurücksank.

Zur selben Stunde sprachen die Verwandten von ihr und einer fragte, ob sie denn dieses Jahr nicht kommen werde. Man bezweifelte es wegen ihrer Krankheit und beklagte, dasz ihr Stübchen wohl leer bleiben müsse. Ein Mitglied der Familie fühlte sich dadurch zu dem Stübchen hingezogen und ging, einen Augenblick darin zu verweilen. Doch als es an die Thüre kam, war sie verschlossen; der Schlüssel steckte jedoch auszen in der Thür. Man versuchte sie auf alle mögliche Weise zu öffnen, aber es gelang nicht. Da brach man zuletzt ein Fenster und stieg ein und siehe, sie war von innen verschlossen. Zwei Tage nachher traf die Todesnachricht ein und dabei war jene letzte Aeuszerung der Verstorbenen bemerkt. Jetzt war es den verwandten klar, woher die Thür von innen verriegelt war.

Die ausgerissenen Haare

Es war einmal ein Mann, der lebte in Unfrieden mit seiner Frau und schlug sie und risz sie an den Haaren herum. Sie aber sammelte sorgfältig alle haare, die er ihr ausrisz. Als der Mann gestorben war, sprach sie: ‚Weil du mich so miszhandelt hast, sollst du im Grab keine Ruhe haben' und legte ihm die Haare in den Sarg, unter seinen Kopf. Als er aber begraben war, gab es einen solchen Lärm in dem Grab, dasz man ihn wieder ausgrub und öffnete. Da sah man, dasz der Todte sich herumgedreht hatte und auf dem Gesicht lag und that die Haare heraus, auf dasz er Ruhe hätte.

Erlöste Seele

Es war einmal ein Herr, bei dem wollte keine Magd bleiben. Als er nun wieder einmal ein neues Mädchen in Dienst genommen hatte, fragte er sie nach der ersten Nacht, wie sie geschlafen habe. ‚Ganz gut, ' sagte sie. Nach der zweiten Nacht erhielt er auf dieselbe Frage dieselbe Antwort. Doch als er am dritten Morgen fragte, erzählte ihm die Magd, wie während der ganzen Nacht ein Lichtlein um ihr Bett herumgetanzt sei und ihr keine Ruhe gelassen und in einem fort zu ihr gesprochen habe: ‚Geh' Ann'! Geh' Ann'! ' Da rieth ihr der Herr, sich beim Pfarrer Rathe zu erholen. Das that sie und erhielt von dem geistlichen die Weisung, sich, bevor sie ins Bett gehe, ihre Kleider zur Hand zu legen, damit sie der Aufforderung des Geistes folgen und mit ihm gehen könne. Dabei müsse sie aber immer den Geist voran gehen lassen und sich wohl hüten, irgendetwas anzugreifen. Die Magd that wie ihr geheiszen und legte sich zu Bette; gleich war auch das Flämmchen da, tanzte wiederum sie herum und sprach wie in der vorigen Nacht: ‚Geh' Ann'! Geh' Ann'! ' Da stand sie auf und zog sich an, um dem Geiste zu folgen. Der wollte hinter ihr her schweben, sie aber bedeutete ihm, dasz er voran müsse. Das Licht leuchtete mit lustigen Sprüngen vor ihr her und führte sie über den Gang die Treppe hinab bis vor die Kellertür. Da hielt es an und hiesz sie die Kellerthür aufmachen. Sie aber gedacht der Warnung des Geistlichen und sagte: ‚Mach selber auf! ' Sie stiegen die Treppe hinab in den tiefen Keller und jetzt sah das Mädchen erst, dasz das Lichtchen eigentlich ein kleines weiszes Frauchen war. Das führte sie in Ecke des Kellers, wo eine Hacke lag und hiesz sie ein Loch hacken. Sie aber hütete sich es zu thun und sagte: ‚Hack selber! ' Da fing das Weiblein an wacker zu arbeiten und zu scharren, bis endlich aus der Tiefe des Lochs ein

Kessel voll Gold und Edelsteine hervorschimmerte. Jetzt wollte der Geist wieder, sie solle den Kessel herausheben, da sie sich aber standhaft weigerte, that er es selber und führte sie die Kellertreppe hinauf und auf demselben Weg, auf dem sie gekommen, in ihr Bett zurück. Sie gedachte nun Ruhe vor dem Ding zu haben, das aber fing wieder an um ihr Bett herumzutanzen und winselte dabei so jämmerlich, dasz sie ihm gar zu gern geholfen hätte, wenn sie nur gewuszt hätte wie. Endlich sprach sie herzhaft zu ihm: ‚Hast du mir geholfen, so helfe dir Gott in Himmelreich. ' Und das war das Weiblein mit einem Schlage verschwunden und erlöst, sie aber hatte den Kessel voll Gott und war glücklich für ihr Lebtag.

Hund und Esel

Irgendwo in Oberhessen liegt ein Schatz vergraben, der wird von einem Hund und einem Esel bewacht, die einander gar zugethan sind und auch keinem Menschen Leides zufügen. Allemal in der Neujahrsnacht zählen sie ihren Schatz nach Dukaten, Gulden und Kreuzern, ob noch Alles seine Richtigkeit hat, und auch dabei vertragen sie sich aufs beste. Wer nun in der Neujahrsnacht dazu käme und den Schatz haben wollte, dem würden sie mit Freuden Alles geben, weil sie dann selbst erlöst wären, aber es hat's doch noch Keiner wagen wollen.

Männchen hütet das Feuer

Eine Herrschaft bekam spät in der Nacht besuch, da sollte die Magd noch geschwinde was kochen. Als sie nun nichts hatte, das Feuer anzumachen, gewahrte sie auf einmal auf einem nahen Hügel ein Feuerchen und ging hin um sich davon zu holen. Als sie aber wieder zurückkam, waren die Kohlen schon erloschen, und so auch, als sie zum zweitenmal geholt hatte. Nun ging sie zum drittenmal hin, da stand aber ein graues Männchen neben dem Feuer, das bedräute sie und sprach: ‚Jetzt unterstehe dich nicht noch einmal zu kommen. ' Wenn sie die Kohlen alle auf einmal geholt hätte, so hätte sie das Männchen erlöst. Am Morgen aber waren alle Kohlen, die auf dem Herde lagen, eitel glänzendes Gold.

Todte Mutter

Ein Kind, dem die Mutter im Wochenbette gestorben war, fing an zu schwinden. Da kam in der Nacht die todte Mutter zu ihm, legte es gar zärtlich an ihre Brust und liesz es trinken, und so neun Nächte lang. Die Leute lieszen sie anfangs aus Furcht ungestört, bald aber merkten sie auf, wie das Kind sich zusehends besserte und nach wenigen Wochen war es wieder ganz gesund.

Hühnchen auf dem Grabe

Es starb einmal einen Frau, die hatte ein Hühnchen gehabt. Als sie nun in der Erde lag, macht sich das Hühnchen auf ihrem Grabhügel ein Loch und legte da alle seine Eier hinein, um sie seiner Frau nicht zu verschleppen. Da redeten ein paar Bauern in der Schenke zusammen, ob sich wohl einer traute, dem Hühnchen seine Eier wegzunehmen? Es war auch gleich ein Bursche bei der Hand, der meinte, es könne gar nichts auf sich haben. Er kam ans Grab und rief, indem er ein Ei wegnahm:

Frau Mai, Frau Mai,
ich stehl dir ein Ei.

Aber im Nu flatterte aus der Luft ein groszes schwarzes Ding auf ihn herab und brach ihm das Genick.

Sternschnuppen

Die Sternschnuppen sind Gehülfen des bösen Feindes und man darf sie nicht anrufen, denn sie werden leicht wild und werfen dann mit faulen Käsen und anderen Dingen nach denen, welche sie beleidigen.

Andere sagen, wenn man einen Wunsch hege in demselben Augenblick, wo man eine Sternschnuppe fallen sehe, so gehe dieser Wunsch in Erfüllung

Lollus

Ein Mann hinterliesz bei seinem Tod zwei Söhne und ein ziemliches Erbe. Der eine Sohn wurde ein Mönch, der andere ein Gasthalter. Der letztere verheiratete sich und dachte jetzt nur daran, wie er bald reich werden könne; der leichteste und kürzeste Weg dazu schien ihm der

Betrug , darum überforderte er seine Gäste, gab zu geringes Maasz an Bier und Wein, stahl den Pferden den zugemessenen Hafer wieder aus der Krippe und was dergleichen Streiche mehr sind. Trotzdem hatte er aber keinen Segen, er kam vielmehr immer mehr zurück, statt vorwärts. Eines Tages besuchte ihn sein Bruder, der Mönch, und forderte das väterliche Erbteil heraus. Da bat der Wirth und flehte, er möge doch noch Geduld habe und warten, da er mit Frau und Kind eben in der gröszten Not steckte, ohne dasz er doch wisse, wie das zugehe denn er plage sich vom Morgen bis in die Nacht und verschmähe keine Art, Geld zu gewinnen, wenn es auch nicht immer dabei mit rechten Dingen zugehe. Da antwortete der Mönch: ‚Lieber Bruder, hältst du also Haus, dann ist es um deine Nahrung geschehen, denn du beherbergest einen Gast, welcher all das deinige verzehrt. Wenn du ihn gern sähest, so gehe mit mir in den Keller und ich will ihn dir zeigen. ‘ Diesz geschah, in dem Keller sprach der Mönch seine Beschwörung und rief alsdann: ‚Lolla, gehe herzu! ‘ Alsbald liesz sich hinten im Keller ein greuliches dickes, ungeheures Thier sehn, so feist, dasz es nicht fort kommen konnte. Sprach der Mönch: ‚Ich meine, du habest eine gute Herberge gehabt, ‘ und fuhr dann zu seinem Bruder gewandt fort: ‚Siehe, diesz Thier hast du also mit deinem Betrug gemästet, denn was du den Leuten entzogen, das hat es verzehrt. Drum folge fortan meinem Rat und handle treulich und aufrichtig an den Leuten und übervortheile Niemanden; ich will alsdann noch vier Jahre mit der Theilung Geduld haben. ‘ Diesem Rath folgte der Bruder und seine Nahrung nahm von Tag zu Tag zu. Nachdem die vier Jahre verstrichen waren, kam der Mönch wieder, um zu sehen, wie es um seinen Bruder stehe. Dieser empfing ihn fröhlichen Herzens, dankte ihm für den guten Rath und bat ihn alsdann, das Thier im Keller noch einmal zu beschwören und ihm noch einmal zu zeigen. Der Mönch that das gern, aber das Thier war so mager und dürr geworden, dasz es vor Mattigkeit kaum mehr fort konnte. Da sprach der Mönch: , Sieh, lieber Bruder, dein Gast musz jetzt wandern und einen anderen Herrn suchen, denn hier kann er nicht länger bleiben. Fahre nun fort, wie bisher, jedem das Seine zu geben, dann kann der Segen für dich nicht ausbleiben.

Die versteinerten Erbsen

Es war einmal eine so grosze Hungersnoth, dasz eine Menge Menschen vor Hunger starben. Damals lebte ein reicher, aber sehr geiziger Bauer, der trotzdem, dasz er eine Menge Korn auf seinen Böden liegen hatte, in steter Angst war, er müsse auch verhungern. Er läugnete auch jedermann ab, dasz er noch Korn habe; und damit die Leute diesz eher glauben sollten, hat er seine Aecker mit Erbsen besäet, indem er sprach: *,Ich säe Erbaisz,*

Dasz weder Gott noch die Welt darum weisz.

Das hat sein Nachbar, ein armer Mann gehört und da er auch gerade Erbsen säete, um gleich dem Geizhals Mehl daraus zu machen, so sprach er:

,Lieber Nachbar, ich säe Erbaisz,
dasz Gott und die Welt darum weisz. '

Dieses Mannes Erbsen sind reichlich aufgegangen, haben auch einen groszen Ertrag geliefert, die des reichen Bauern aber sind zu Stein geworden und sind ihrer viele lange aufbewahrt worden.

Irrwische

Ein Knecht fuhr gegen Abend auf dem Heuwagen nach Hause. Da sah er in der Ferne mehrere Irrwische, welche hin und wieder fuhren, du er fing an, sie zu necken, indem er rief:

Irrwisch, hieher
Wohl über

Da flogen die Irrwische plötzlich auf ihn zu und er war froh, als er sich glücklich tief ins Heu verkrochen hatte, wohin sie ihm nicht folgen konnten. Trotzdem aber lieszen sie nicht von dem Wagen ab und tanzten immer um ihn herum, bis er über einen Kreuzweg kam, da war ihre Macht gebrochen und sie muszten wieder zurück.

Eine ähnliche Geschichte ist folgende. Es fuhr ein Mann aus, Wein für einen Wirth zu holen, und hatte noch einen Knecht bei sich, der ein wilder Bursche war. Der Weg führte an einem Wald vorbei und neben dem Wald lag ein Wiesengrund, wo sich die Heerwische in Menge aufhielten.

Als der Knecht sie sah, fing er sogleich an zu rufen:

Heerwisch ho,
leuchtest wie Haberstroh!

Kaum hatte er das Wort aus dem Munde, als die Heerwische auf den Wagen zu flogen. Jetzt wurde ihm angst und er verkroch sich in das Stroh. Sie flatterten eine Weile um den Wagen herum und wieder fort, einen ausgenommen, der setzte sich hinten auf den Wagen und wich nicht. Als man zu Hause ankam, frug der Bauer der Heerwisch ab, was sein Begehren sei? Da sprach der Heerwisch: ,Gebet mir einen Heller und werfet einen in den Armenkasten, dann bin ich erlöst. Ich muszte so lange umwandeln, weil ich eines Tages in der Kirche eine Knopf in den Klingelbeutel geworfen habe, statt einer Münze. ' Die Leute haben das gleich getan und als er den Heller empfangen hatte, flog er weg.

In der Wetterau ruft man dem Irrwisch spottend zu:

Irrwisch, leucht wie Haberstroh!
Komm und schmiesz mir mei'n A... blitzblo!

Wenn man ihn aber so ruft, so kommt er auch und schmeiszt einen blitzblau. Sonst gilt der Irrwisch in der Wetterau für einen feurigen Mann, und von Jemand der groszes Unheil anrichtet oder gebranntes Herzeleid anthut, sagt man: ,der muss feurig gehen. ' Zunächst müssen nach dem Volksglauben solche Männer, die untreue Feldscheider sind, Marksteine verrücken, abpflügen, als feurige Männer wandern.

Der Schäfer Hans und der Teufel

Ein Schäfer wurde zu Gevatter gebeten. Als er nun bei der Taufe gefragt wurde: „Hans, widersagst du dem Teufel, allen seinen Werken, Wesen und Willen?" da antwortet er: „Nein!" Der Pfarrer fragt nochmals: „Hans, widersagst du dem Teufel u.s.w.?" Der Schäfer erwiderte: „Herr Pfarrer, ihr hört wohl: Nein!" „Warum?" fragte der Pfarrer. Der Schäfer antwortete: „Herr Pfarrer, ihr wißt wohl, daß ich ein armer Schäfer bin, und muß Tag und Nacht im Felde sein. Nun ist der Teufel ein Schelm, er möchte mir leichtlich einmal einen Possen thun. Das will ich zwar thun: Ich will ihm im Herzen heimlich feind sein, aber daß ich es so öffentlich sagen soll, daß werdet ihr mich nicht heißen, Herr Pfarrer."

Der Teufel, der Wolf und sonst noch allerlei Bestien laßen sich nicht gern bei ihrem rechten Namen laut nennen, und wollen, daß man sich gut mit ihnen stelle. Also schweig, mach ein freundlich Gesicht zu allem Argen und Bösen, was du siehst, und denk dein Theil, oder wenn du ja sprechen willst, so sprich fein leise und linde. Sprichst du aber laut, und kündigst dem Argen die Gemeinschaft auf, dann wirst du gebissen und zerrißen, du bist ein verlorner, todter Mann, und Läuse und Mäuse laufen von dir. So gieng es eben auch dem Propheten Elia 1.Kön.18.

Drei Äpfel gekocht

Zu einer Frau kam drei Nächte hintereinander ein weißes Frauchen, das sagte, sie solle tun, was ihr geheißen werde, dann bekomme sie viel Geld. Die Frau versprach es, und das weiße Frauchen sagte: ‚Geh drüben auf den Berg an die Hecke, da steht ein Baum mit Äpfeln, von denen sollst du drei brechen. Kaufe dir dann ein neues Töpfchen, koche die drei Äpfel darin, bis sie weich sind, öffne die Kellertür und reiche sie hinein: es wird dann ein kleines Männlein kommen und sie dir abnehmen. ' Das tat die Frau und am andern Tag fand sie im Keller einen Kessel voller Geld, do dass sie reich und glücklich war ihr ganzes Leben lang.

Heinzelmännchen

Auf einem adligen Schloss wohnte vor längerer Zeit ein Heinzelmännchen, welches ganz vertraut mit der Familie lebte. Es trug ein rotsammtnes Röckchen und Perlstiefelchen und wo es ging und stand, da war auch das Glück. Besonders zärtlich hing es an der jüngsten Tochter des Schlossherrn und hütete sie , wie man zu sagen pflegt, wie seinen Augapfel, tat ihr auch alles zu Liebe, was es ihr an der Augen ansah. Eines Tages kam ein junger Edelmann auf das Schloss und als er das junge Fräulein sah, entbrannte er in Liebe zu ihr, und sie erwiderte dieselbe. Da auch die Eltern nichts dagegen hatten, so sollte die Verlobung bald folgen. Das Heinzelmännchen hatte alles das mit Unwillen gesehen und sprach nun den Eltern wie der Braut zu, das dürfe nicht sein, das Fräulein solle ja nicht heiraten sondern ledig bleiben, wenn es nicht das Unglück der ganzen Familie auf dem Gewissen haben wolle. Da wurden die Eltern wohl nachdenklich, das Fräulein aber bestand auf der Heirat und setzte seinen Willen leider durch. Von dem Augenblick an schlich Heinzelmännchen betrübt im Schloss umher, es schien lebenssatt zu sein; es riet noch immer ab, warnte immer ernstlicher, aber da half alles nicht, der Hochzeitstag wurde festgesetzt. Als nun die Brautleute vor dem Altar standen und der Geistliche sie einsegnete, geschah plötzlich ein starker Schlag und vor dem Altar fielen das Röckchen und die Perlstiefelchen des Heinzelmännchens nieder. Seitdem wurde es nicht mehr gesehen, aber mit ihm war auch der alte Vorsput weg und die Familie kam nie wieder zu rechter Blüte.

Der Storch.

Dieser merkwürdige Vogel, welcher schon in der Kinderwelt eine so wichtige und geheimnißvolle Rolle spielt, indem er die neugebornen Kinder aus dem Brunnen (s. Nr. 117) holt, nistet in Niederhessen hin und wieder an der Schwalm, von Rotenburg aufwärts an der Fulda, auch im Kreise Eschwege an der Werra. Man legt ihm ein Wagenrad auf das Dach oder setzt ein Balkengestell auf den Giebel des Hauses, worauf er bequem sein Nest bauen kann. Dafür wirft er jedes Jahr ein Ei aus dem Neste und der Landmann sieht das als ein Zeichen seiner Erkenntlichkeit an. Der Storch bringt Glück und Segen. Ein Haus, auf welchem er nistet, ist gegen den Blitz gesichert, und der Eigenthümer brauchte vormals auch keine Contribution davon zu zahlen.

Feuer beschwören

Es hat einmal ein Fürst von Hessen gelebt, der groszer Zaubereinen kundig war und u.a. auch über das Feuer macht hatte. Wenn es irgendwo brannte, dann kam er hinzu, ging dreimal um die Flamme herum, besprach sie und warf ein Brod hinein. Dann hatte sie keine Gewalt mehr, weiter um sich zu greifen und das Feuer war bald gelöscht.

Die Haselgerten

Ein Wirth hatte einen Knaben von acht Jahren, welcher noch nicht laufen und noch nicht sprechen konnte, so dasz es offenbar war, dasz ein böser Mensch es dem Kinde angethan hatte.

Eines Tages geschah es, dasz ein Soldat bei dem Wirth übernachtete und von der Sache hörte. Da sprach er, er wolle die Hexe vertreiben, ging hinaus und schnitt sich drei in einem Jahre gewachsenen Haselgerten. Des Abends liesz er sein Bett neben das des Kindes stellen und legte sich die Gerten zur Hand. Es dauerte nicht lange, so merkte er, dasz die Hexe auf dem Knaben sasz, da sprang er auf und fing an mit Leibeskräften auf sie einzuhauen. Es wollte aber nichts helfen; ob er gleich so lange zuschlug bis die Gerten in Stücke brachen, so ging doch die Hexe nicht von dem Kinde weg. Des andern Tages schnitt sich der Soldat sechs Hasel-gerten; damit schlug er die Hexe in der zweiten Nacht, doch es half so wenig als das erste Mal, sie war nicht hinweg zu bringen. Am dritten Tag schnitt er sich neun Gerten und prügelte die Hexe ab, dasz es eine wahre Freud war, doch es wollte immer noch nicht helfen; da risz er endlich sein Schwer heraus und hieb es ihr dreimal über den Rücken. Das half: die Hexe rief plötzlich: ‚'s ist! ‘ und entfloh. Das Kind aber konnte ab dem folgenden Tage an gehen und sprechen.

Die blinden Hessen

Einst soll die Stadt Mühlhausen schwer von dem Hessenvolke bedrängt und belagert worden sein. Schon waren die meisten Vertheidiger der Stadt gefangen, todt oder verwundet und der nächste Sturm mußte die Belagerer in den Besitz derselben bringen. Da gab die Noth den Mühlhäusern einen klugen Gedanken ein. Im Dunkel der Nacht wurden die Mauern der Stadt mit hölzernen Pfählen oder Pflöcken bewehrt und die Pflöcke gleich lebendigen Söldnern geschmückt und gerüstet. Aber zwischen diesen hölzernen Soldaten bewegten sich hin und wieder lebendige Krieger und drohten spottend hinab in das Lager der Feinde. Als nun bei anbrechendem Morgen die staunenden Hessen die neuen Rüstungen und die zahlreichen Streiter und Vertheidiger der Mauern gewahrten, da verzweifelten sie an ihrem Siege und zogen kleinmüthig von dannen. Davon sollen sie den Namen der dummen oder blinden Hessen bekommen haben.“

Die Hessen sind die rechten Gesellen

Im dreißigjährigen Kriege ward ein Hauptmann und Partei-führer, der als listiger Kopf durch seine schlauen und kühnen Streiche sich bekannt und berühmt gemacht hatte, gefangen genommen. Der römische König Ferdinand begehrte diesen Mann, von dem er so viel gehört hatte, zu sehen, lies ihn vor sich bringen und fragte: von wannen er wäre? Der Parteiführer antwortete: er wäre ein Hesse. Das sind die rechten Gesellen, antwortete der König. „Aber wo hast du dich aufgehalten?" „In Westfalen", antwortete der Gefragte. „Da findet man eben solches Gesindlein", fragte der König, „und wo bist du sonst noch gewesen?" „Hier in Böhmen", war die Antwort. „Nun", sagte der König, „das sind alle eben die rechten Länder." „Eure königliche Majestät", sagte der gefangene Hesse, „wollen auch ihre Landsleute, die Spanier, dazusetzen, so wird die Zahl ganz." Darüber lachte der König, und gefiel ihm diese Antwort so wol, daß er den Gefangenen wieder frei lies.

Schwarzenbörner Streiche

Lieber Leser, du kennst alle die schönen Stückchen, von dem Käse-Säen, aus welchem Ochsen aufgehen sollten, von dem Pferde-Ei, welches der Bürgermeister am Knüllköpfchen ausbrüten sollte, und wie er dem Hasen nahgerufen hat: „Huschen, Huschen, hie ist dein Heile", von dem ochsen, der auf die Mauer gezogen worden, von dem Thor, wie es gebaut worden, wozu die Schwarzenbörner das Wort mit Hacken du Schippen am Schwarzenbörner Teich auf dem Hauptschwender Weg gesucht haben, und von dem quergelegten Heubaum, um dessen willen da so mühsam gebaute Thor endlich abgebrochen worden, also daß es bis auf diesen Tag noch nicht wieder gebaut ist – du kennst sie alle, diese schönen Stückchen, bis herab auf die Stiefeln, aus denen Pantoffeln geschnitten wurden, und auf das Haarteil im Ohr des Pferdes, welches der Schwarzenbörner Stalljunge für ein Halfter hielt, aber das rechte Schwarzenbörner Stückchen, das kennst du doch wohl noch nicht. Denn die andern Stückchen werden gar nicht von unserm Schwarzenborn allein erzählt, sondern in Braunschweig von Scheppenstedt, in Sachsen von Schilda, in Baiern von Weilheim, in ganz Deutschland von Krähwinkel, und sind zum Theil schon vor mehreren tausend Jahren bei den alten Griechen erzählt worden. Nun, es geschieht nichts Neues unter der Sonne, und so können denn diese Streiche auch wol mehrmals passiert sein und an mancherlei Orten. Genug, von unserm Schwarzenborn werden diese Streiche erst seit zweihundert Jahren – freilich schon ein wenig lang – erzählt, bis um das Jahr 1600 aber, zu der Zeit als der gelehrte Landgraf Moritz regierte, wußte man von Schwarzenborn noch ganz andere Stückchen zu erzählen, und zwar hat diese unser alter Landgraf Philipp der Großmütige, dieser wackere, tapfere Herr selbst erzählt.

Die Sache ist aber folgende:

Als der Landgraf Philipp dem Herzog Heinrich von Braunschweig zu Wolfenbüttel einen Sohn aus der Taufe hob, und beide Herren daselbst auf dem Schloßwall spazieren gingen, zeigte Herzog Heinrich dem Landgrafen die Stadt Braunschweig, die man auf eine Meile Weges von dannen gelegen sehen kann, und fragt ihn, ob er nicht eine schöne Stadt da hätte? Der Landgraf antwortete: „Es ist zwar eine schöne Stadt, aber was nützt sie dir? Du darfst doch keinem Bürger daselbst keinen Strohhalm aufzuheben gebieten. Ich habe eine in meinem Land, die will ich dir nicht für diese geben." Der Herzog fragte, wie sie heiße, und der Landgraf antwortete: „Sie heißt Schwarzenborn, deren mag ich in einem Jahr mehr, denn du diese in zehn Jahren genießen; es sind kaum hundert Bürger darin, aber fromme und getreue Leut, die mir zu Tag und Nacht willig und gehorsam sind."

Das also sind die also sind die alten und rechten Schwarzenbörner Streiche: fromme und getreue Leute, und dem Landesherren zu Tag und Nacht willig und gehorsam sein. Wir wollen keiner Stadt in Hessen ihre Ehre entziehen, aber solcher Ehre aus dem Munde des alten Landgrafen, wie dieses verspottete Schwarzenborn, kann sich keine Stadt in Hessen rühmen. Und das ist wahrhaftige Ehre, nicht allein vor dem Menschen, sondern auch vor Gott; eine Ehre, deren sich alle Schwarzenbörner, in so fern sie ihren Vätern gleich sind, noch heute kühnlich gegen alle Ochsen- und Heubaumstückchen rühmen, und auf die sie allen Erzählern von Schwarzenbörnerstreichen kecklich Trotz bieten dürfen.

Auch sind die Schwarzenbörner ihren Vätern gleich, fromm und getreu gegen ihren Landesherrn geblieben. Es soll in Hessen nicht vergessen werden, daß der Wirt Richard in Schwarzenborn den wackern deutschen Helden, den General von Dörnberg, im Jahre 1809 als die Franzosen ihm nach dem leben stellten, gerettet hat, denn er hat dazumal die dem General auf dem Fuße folgenden französischen Gendarmen aufgehalten und sie einen Weg über den Knülltriescher gewiesen, auf dem sie den Fliehenden nicht erreichen konnten. Es soll das nicht vergessen werden, so wenig wie der alte Held selbst es vergessen hat: wir wissen wol, wie er im Jahre 1816, als er endlich zurückgekehrt war nach hausen, auf das Schloss seiner Väter, dem

Schwarzenbörner Wirt mit Wirt und That gedankt hat. – Willst du also In der Zukunft Schwarzenbörner Stückchen erzählen, lieber Leser, so vergiss nicht den Landgrafen Philipp, den General Dörnberg und den Wirt Richard. Dann erzähle so viel du willst.

Was man sich in Marburg sonst noch so erzählte ...

(aus alten Historienbüchern)

Sieben Künste und eine Kunst

Es gab einst eine Zeit, in welcher alle Welt meinte, auf den hohen Schulen und Universitäten studieren und es hier zum Magister der sieben freien Künste bringen zu müssen, wenn man etwas Rechtes sein und vorstellen wolle. Da fehlte es denn nun nicht, es studierten viele, denen die Gelehrsamkeit nur bis in den Hals reichte, und die ihren Magister wohl auf dem Papier, aber nicht im Kopfe hatten. Diesen ging es denn auch darnach. Ein solcher Magister der sieben freien Künste kam einst in ein Städtlein bei Marburg vor eine Schusterladen, und begehrte nach Wegzehrung, mit der er nach Marburg zu gelangen hoffte, wo er sich einst seinen Magister geholt hatte, und wo er vermutlich dachte, man werde um dieses Titels willen ihn auch nicht ganz ohne Mittel lassen. Dem antwortete der Schuster: ‚Wer bist du? ‘ Der antwortete: ‚Ich bin ein Magister der sieben freien Künste. ‘ Da wurde der Schuster zornig, warf den Leisten, den er gerade in der Hand hatte, hinter die Thür, und sagte: ‚Du rechter Lemmel, hast du sieben Künste gelernt und suchst das Brot mit Betteln? Ich habe nur eine einzige Kunst begriffen, und kann mich und meine Kinder ernähren, und habe noch etwas übrig. ‘

Zweierlei ist jetzt anders: erstens die meisten meinen heut zu Tage, etwas Rechtes zu sein und vorzustellen, gerade wenn sie nicht studiert und nichts gelernt haben; zweitens solche verdorbene Studenten wie unser Magister, brauchen wenigstens in Europa nicht zu betteln, in Amerika bettelt es sich besser; wollen sie aber auch nicht nach Amerika und nicht nach Algier gehen, so brauchen sie nur Zeitungen schreiben zu helfen.

Eine Schuldmahnung

Ein Marburger Student war Magister oder wie man jetzt spricht Doctor der Philosophie geworden, und dünkte sich nicht wenig, aber vielmehr alles zu können und zu wissen. Deswegen verachtete er auch die andern Studenten neben sich, obgleich er noch ebenso gut Student war wie sie, und gerade erst anfangen wollte, die Theologie oder Gottesgelehrtheit zu studieren. Als er einmal recht hoffärtig von seinem Wißen und Können prahlte, entgegnete ihm einer seiner Studiergenossen: nun, predigen kannst du doch nicht, das kann ich aber. Das wurmte den Magister; gleich setzte er sich hin, machte eine Predigt, gieng desselben Tages noch hinaus zu dem Pfarrer von Kölbe (denn dieses Dorf hatte damals einen eigenen Pfarrer) und bat ihn, daß er des folgenden Sonntags ihn wolle predigen lassen. Munter wanderte er denn auch mit seinen Genossen die doch sehn wollten wie das Ding abliefe, des Sonntags früh nach Kölbe. Als er aber auf die Kanzel kam und die vielen Gesichter sah, die alle auf ich gerichtet waren, wurde ihm anders zu Mute, als daheim in Marburg. Inzwischen fieng er herzhaft an und theilte seine Predigt in drei Theile. Aber noch war der erste lange nicht zu Ende, als er die vielen Gesichter wieder ansehen musste und in jedem zu lesen meinte: Halt, jetzt kann er nicht mehr weiter. Und so war es; er konnte nicht weiter, war vollständig irre geworden und musste aufhören. Doch fasste er sich zusammen und sagte: ,Geliebte Freunde im Herren, ich bitte euch darum, daß ihr euch für jetzt an diesem ersten Theile wollet genügen lassen; wenn ich wieder kommen, will ich auch den zweiten und dritten Theil halten. '

Damit stieg er wieder von der Kanzel herab und wanderte wieder auf Marburg zu. Ein paar Wochen später fuhr ein Kölber Bauer Holz in die Stadt; da erblickte er von ungefähr unser Magisterchen, hielt das Männchen an und sagte: ,Herr Magister, Ihr seid uns noch zwei Stück schuldig von der letzten Predigt; Lieber, wann wollt ihr kommen, und Euch lösen, und uns bezahlen?

Solcher Schulden sollen seitdem gar viele in Kölbe gemacht worden sein, nur das die späteren Schuldner ihr Schuld nicht so aufrichtig bekannten, wie dieser erste; und wenn die Leute in Kölbe alle seitdem schuldig gebliebenen Stücke von Studentenpredigten einmahnen wollten, so würde ihr ganzes Leben nicht zureichen, sie anzuhören.

Nachfrage nach Büchern

In einer kleinen hessischen Stadt lebte einst ein sehr angesehener und reicher Advokat. Zu ihm kam ein armer Notarius, um bei ihm zu arbeiten, sah die Bibliothek des reichen Rechtsgelehrten und sagte: ,Lieber Herr Doctor, sind das lauter Bücher, darinnen das Recht steht? ' ,Ja', antwortete der Doctor. Der Notarius fragte: ,Mein lieber Herr Doctor, wo habt ihr denn die Bücher, darinnen das unrecht stehet? ' Der Doctor sagte: ,Der gleichen Bücher habe ich keins. ' ,Mein lieber Herr Doctor, ' begann der Notarius wieder, ,wo habt ihr es doch gelernt?

Der Doctor merkte, daß er einen guten Lehrling angetroffen habe, und in kurzer Zeit ward der Schüler ein eben si starker Unrechtsgelehrter wie der Meister, ohne Bücher.

Wo mochte wohl der Doctor Juris sein Unrecht gelernt haben? Wo haben wir beide, Du, lieber Leser, und ich, der Historienerzähler, unser Unrecht gelernt, wie wohl wir beide eben keine Juristen sind? Oder haben wir es überhaupt gerade erst lernen müssen? Oder aber: gienge mich und dich die Geschichte gar nichts an?

Was mancher auf der Universität lernt

Zu der Zeit, wo noch alle Welt meinte, wer etwas rechtes sein wollte, müße auf der Universität nicht gerade studiert, aber sich als Studierender halber aufgehalten haben, und als niemand etwas galt, der nicht wenigstens den Titel Magister führte, kam einmal Einer, der sich sieben Jahre Studierens halber in Marburg aufgehalten hatte, in das Examen, weil er Magister werden wollte. Aber die Professoren mochten fragen, so viel sie wollten, das Fragen war ihre Sache, das Antworten stund bei dem Candidaten. Denn der antwortete auch nicht ein Wort. Da war nun unter den Examinatoren auch ein alter Professor, Konrad Bachmann, der den Vogel wol kannte und wol wußte, daß er eben nichts getan hatte, als sich geschniegelt und geputzt und in schönen Kleidern über die Straße stolziert. Der fieng endlich an: „Herr Candidate, das ist ein schönes Tuch, davon Euer Mantel gemacht ist, wo habt ihr das Tuch gekauft und was kostet die Elle?" Jetzt war das getroffen, was der Candidate wußte; jetzt bekam er die Sprache wieder und ohne Besinnen antwortete er: „Herr Professor, ich habe es bei Heinrich Holstein in der Wettergase gekauft, die Elle kostet zwei Reichsthaler und ein halb Kopfstück." Nun", sagt der alte Herr Konrad Bachmann, „das ist mir doch von Herzen lieb, daß ihr noch reden könnt, ich hatte schon Sorge, Ihr hättet die Sprache verloren, seid ihr bei uns gewesen seid."

Aber das war auch die einzige Frage, die der Candidat beantwortete, und war alles, was er auf der Universität gelernt hatte. Ob er Magister geworden, steht nicht geschrieben.

Ein Anderer hatte zehn Jahre studiert, und zog nun ab. Da sagte der Professor zu ihm: „Herr Johannes, wir haben nicht viel Ehre von Euch, da ihr so lange bei uns gewesen seid und nichts gelernt habt." „Ei", antwortete der alte Student, „Was meinen Eure Magnifizens, daß ein ehrlicher Kerl in zehn Jahren nicht all vergeßen kann?"

Ein Schulmeister Examen

In einem Dörflein bei Marburg war vor langen Jahren einmal ein Schulmeister, der zwar seine Schulkinder das ABC und ein wenig lesen und notdürftig schreiben lehrte, ihnen auch den kleinen Kathechismus treulich und einfältig beibrachte und einprägte, der aber sonst dafür bekannt war, daß er des Verstandes nicht allzuviel besitze. Davon hörte der Marburger Superintendent, Dr.George Herdenius, und verlangt den Schulmeister einmal zu sehen und ein wenig zu prüfen. Also schickt der Pfarrer den Schulmeister nach Marburg zum Superintendenten. Als dieser sich seine Mann ansieht merkte er schon, was an ihm zu thun ist, fragt ihn also: Wer der Kinder Noä, Sems, Hams und Japhets Vater gewesen sei? Da erschrak der Schulmeister und konnte nicht ein Wort antworten. Des Abends kam er zu seiner Frau zurück, und sagte: Höre, liebes Weib, was mich doch der hoffärtige Pfaff fragte. Er fragte mich wer der Kinder Noä, Sems, Hams und Japhets Vater gewesen sei. Wer will mir das Ding sagen. Meinet er daß ich zehn Jahre auf Universitäten gewesen sei, daß ich habe können Doctor werden, wie er? Ich diene hier für keinen Doctor, für keinen Superintendenten, sondern für einen Schulmeister. Die Frau hörte ihm zu und sagte: „Lieber Mann seid ihr denn so ein-fältig, daß ihr auf diese Frage nicht habt antworten können? Unser Müller Laur hat drei Söhne, der Erste heißt Christoph, der andre Hans, der dritte Peter. Wer ist nun Lauren des Müllers Kinder, Christophen, Hansen, und Petern ihr Vater?" Da antwortet der Schulmeister: „Wer will mir das sagen?" Die Frau erwiderte: „Lieber Mann, Laur, der Müller, Laur der Müller ist es." Stracks am andern Tage wanderte der Schulmeister, der nun klug geworden war, wieder auf Marburg, gieng zum Superintendenten und sagte: „Herr Superintendent, Er fragte mich gestern etwas von den Kindern Noä, Er fragte mich jetzo, so will ich ihm Antwort geben." Der Superintendent fragte wie gestern: „Wer ist denn nun der Kinder Noä, Sems, Hams, Japhets Vater gewesen?" Und der Schulmeister antwortete: „Laur, der Müller."

Doch blieb er Schulmeister bis an sein Ende. Item, wenn er nur sonst in seinem Amte das treulich gethan hat, was er konnte, und gelassen, was er nicht konnte. Heut zu Tage laßen Viele das, was sie können, und unternehmen viel Dinges, was sie nicht können. Aber bei wie vielen in unsern Tagen gerade wie bei jenem Schulmeister die Frau für den Mann den Verstand zum Amte hat und das Amt führt, das wollen wir nicht untersuchen.

Klüger, aber nicht besser, wußte ein Geistlicher aus Italien auf eine ähnliche verfängliche Frage aus den Geschlechts-registern zu antworten. Es war in Rom ein vornehmer Prälat, welcher verschiedene sehr einträgliche Stellen zu vergeben hatte. Ein geistlicher kommt zum Prälaten, in der Absicht, sich um eine dieser Stellen zu bewerben, hört aber von dem Kammerdiener des Prälaten, es pflege derselbe mit den Bewerbern ein Examen anzustellen und ihnen eine Frage vorzulegen, wer die nicht beantworten könne, bekomme auch die Pfründe nicht. Der Geistliche erkundigte sich nach der Frage, und erfährt vom Kammerdiener, sein Herr pflege zu fragen: Wer Melchisedeks Vater gewesen? – Lieber Keser, du würdest die Pfründe nicht erhalten, und wärest du noch so gut in der Bibel bewandert; aber auf Bibelbelesenheit kam es auch nicht an, wie du leicht denken kannst. – Der geistliche hatte seine Antwort alsbald fertig, bat den Kammerdiener, ihm in einer Stunde Audienz bei dem Prälaten zu verschaffen, und versprach alsdann wieder zur Stelle zu sein; er wolle dann schon sehn, wie er mit dem Herrn zurechtkomme. – Gesagt, getan. Er wird zur Audienz und zum Examen gelassen. Der Würdenträger fragt, ab er denn auch wisse, wer Melchisedeks Vater gewesen? Da greift der Andre mit der rechten Hand in die rechte Rocktasche, holt einen Beutel Dukaten heraus, und sagt: „Das war Melchisedeks Vater", alsdann greift er mit der linken Hand in die linke Rocktasche , holt wieder einen Beutel mit Dukaten heraus, und sagt: „Das war Melchisedeks Mutter" Der Prälat verwundert sich über die sinnreiche Antwort, und da noch keiner so spitzfindig, d.h. so wie es der Prälat haben wollte, und so vollständig und vollwichtig geantwortet hatte, bekam dieser die Pfründe.

Der hessische Soldat

Wir Hessen haben uns von jeher von unsern deutsche Landsleuten allerlei Uebels nachsagen lassen müssen. In den alten Zeiten, als man noch die Schwaben mit der Unkeuschheit und Einfalt, die Baiern noch mit dem Geiz und der Habgier, die Franken mit der Raublust und Gotteslästerung, die Sachsen mit dem Biersaufen, die Westfalen mit ihrem Recht, darnach man einen erst aufhieng, ehe man ihn vor Gericht brachte, mit ihrem groben Brod, sauern Bier und ihren langen Meilen, die Thüringer mit ihrem Heringseßen durchzog, wußte man von den Hessen nichts anderes Schimpfliche, womit man sie foppen konnte, als die Armut: die hessischen Geißen, der hessische Ziegen-

und Schneiderspeck, das waren in allen reichen Bezirken unseres Vaterlandes die Stücklein, mit denen man die Hessen verierte; das Land sei so arm, daß es nichts als Ziegen ernähren könne. Nun, Armut schändet nicht, wenn sie nicht verschuldet ist, und die Hessen hatten eben nicht Ursache, nach einem Tausch mit dem zu verlangen, was den Baiern, Schwaben und Franken nachgesagt wurde. Auch ist ja seitdem vieles anders geworden. Den Ruhm aber, wackere ihrem Landgrafen bis in den Tod getreue Soldaten zu sein, haben die Hessen zu allen Zeiten voraus gehabt und werden mit ihn Gott auch voraus behalten. Um den Preis dieses Ruhms der Tapferkeit und vor allem der Treue bis in den Tod läßt sich der hessische Schneiderspeck gar leicht, auch wohl die Blindheit verschmerzen, die man uns nach der Hand aufgehängt hat, und von der die Anderen hartnäckig behaupten, es wäre mit derselben nicht so ganz ohne.

Die Ehre eines tüchtigen Soldatentums ist den Hessen gar oft von den größten Heerführern und Feldherren öffentlich und feierlich zuerkannt worden. So kam im dreißigjährigen Kriege der gewaltige Kriegsheld, der kaiserliche General Tilly mit seinen Truppen nach Hessen (wo man ihn freilich nicht gern sah), und nachdem er sich einige Wochen da umgesehen und seinen Soldaten in den Scheuern und Kellern und Geldkasten der hessischen Bauern auch ein wenig Umsehens verstattet hatte, sagte er: Er habe hiervor gehört, im Land zu Hessen gebe es große Schüßeln und wenig zu freßen (denn dieß war eben auch eins von den Stücklein, mit denen man die Hessen uzte), allein er sehe, daß es ein edles und köstliches Land sei; wenn seine Armee ruiniert sei, wünsche er keinen beßern Rekrutenplatz als das Land zu Hessen.

Die Hessen sind seit jeher Soldaten wie von Natur, und ihr ganzes Leben hindurch mit Freuden Soldaten gewesen, gleich als müße das so sein, ohne sich um das zu kümmern, was man in der Welt Belohnung oder militärische Auszeichnung nennt. Ein braver Gefreiter vom Landgraf Carl, welcher sich durch einen ganzen Haufen Franzosen durchgeschlagen, und seinen bereits nebst einigen Musketieren gefangenen Lieutenant befreit hatte, bekam dafür einen eisernen Helm. Als er vor der Front das Kreuz angeheftet bekam, und der Regimentskommandeur ihn fragte, ob er sich auch recht über die Ehre freue? Antwortete er: zwei Carolin wären ihm lieber gewesen. Darüber kam er zwar alsbald mit seinem Orden in Arrest, aber der Mann hatte sich bei dieser ehrlichen ungeschickten Antwort nichts Arges gedacht; es war eben gedacht und gesprochen wie ein Hesse, der seine Schuldigkeit tut und dafür wol eine Vergütung annimmt, die ihm sein dürftiges Leben fristen hilft, aber sonst an weiter nichts denkt, am wenigsten an äußerlich glänzende Ehre. – Im brabantischen Feldzuge hatte sich auch ein Musketier ganz besonders brav gehalten, und die Aufmerksamkeit des Befehlshabers der Brigade, eines preußischen Prinzen, auf sich gezogen. Der Prinz läßt ihn kommen, spricht mit ihm, und die trockenen Antworten des schon graubärtigen Musketiers gefallen dem Herrn so wol, daß er den Soldaten auffordert, sich eine Gnade auszubitten. Der Musketier sagt, er wisse nichts zu bitten, und bleibt bei dieser Aeußerung auch bei einer zweiten und dritten Aufforderung. Auf vieles Zureden läßt er sich denn endlich also vernehmen: „Nun, wenns denn ja sein soll: ich bin fünfundzwanzig Jahre bei den Füßern gewesen, nun möchte ichs doch einmal auch bei den Reitern probieren." So etwas, meinte doch der Prinz, hätte er noch nimmer gehört.

Das Kreuz

In unsern Tagen haben es sich die meisten Menschen abgewöhnt, da ihnen im Leben zugestoßene Leid aus eine Zuchtrute Gottes, als Strafe ihrer Sünden, oder als eine Nachfolge des Herrn Jesu Christi anzusehen; das alles rechnen sie so ziemlich „zu dem alten Aberglauben", und sprechen deshalb auch nach Art der Heiden, die von Gott nichts wissen, von dem „unverschuldeten Unglück" und von den „bösen Zufällen" die ihnen widerfahren, als nach Sitte unserer Väter und der gesamten lieben Christenheit von alters her von dem Kreuz welches wir zu tragen haben. Tragen wollen sie ja auch da Kreuz nicht, sondern es möglichst bald abwerfen; eher, können sie das nun einmal nicht, mit Gott hadern: ja, sie vermessen sich, die möchten den lieben Gott vom Himmel herunter holen, um ihn zu fragen, warum er ihnen dies und das gethan habe. Daß man Gott dem Herrn für ein auferlegtes schweres Unglück danken könne, halten sie, weil sie nicht von Jugend auf die Heilige Schrift wißen, für abgeschmackten Unsinn; wie viel mehr noch, daß man Kreuz und Leid sogar als notwendig für seinen Lebensweg und Beruf ansehen und in seiner Art herbeiwünschen könne. Solchen Leuten möchte ich denn wol einmal folgendeskleines Geschichtchen erzählen, und sie dann fragen, was sie dazu zu sagen haben.

Zu einem seiner Zeit berühmten hessischen Theologen auf der Universität Marburg kam eben als dieser sein Amt angetreten hatte, einer seiner jüngeren Freunde, welcher einen Ruf zu einer ansehnlichen Stelle im Predigtamt erhalten hatte, um ihm dies für sein Alter nicht geringe Glück zu erzählen. Er machte aber, indem er das erzählte, ein gar betrübtes Gesicht, und da ihn der Professor fragte, warum er sich so traurig Gebärde bei so großen unverhofftem Glücksfall? So klagte er, daß er zu einem so wichtigen Amte berufen sei, und doch bis dahin noch gar kein Kreuz gehabt habe. Er werde in seinem Amte alsbald Leute antreffen, die in Kreuz und Trübsal steckten, und die er trösten solle, allein er wisse ja nicht, wie einem Kreuzträger zumute sei, denn er habe nie ein Kreuz gehabt; er sei gesund, habe genug gehabt, so lange er in seines Vaters Haus gewesen; auch sei er reichlich versorgt worden, seitdem er aus dem väterlichen Hause gekommen; Feinde habe er auch nicht, und Anfechtungen bis daher noch nicht erlitten. Darum sein er traurig, denn er wisse wol, nur ein Kreuzträger könne die Kreuzträger recht aus Gottes Worte trösten, und so halte er sich denn noch zur Zeit gar ungeschickt für sin hohes Amt.

Ich weiß leider nur zu gewiß, daß Viele, wenn sie diese Geschichte hören, und daß sogar unter ihnen viele geistlichen Standes, bei derselben denken oder sprechen werden, was dazumal schon, im Jahre 1625, ein junger Mensch dachte, welcher dabei saß, als dieselbe zum ersten erzählt wurde. Dieser junge Mensch hieß Johann Baltasar Schupp oder Schuppius; bis dahin hatte er sich auch noch keine Sorge, wie er selbst erzählt, übers Knie, geschweige denn übers Herz gehen laßen, und als er diese Geschichte durch den Theologen Winkelmann, dem sie begegnet war, erzählen hörte, schwieg er zwar geziemend stille, schüttelte aber den Kopf und dachte bei sich selbst: „Der Kerl ist ein Narr gewesen." Nach der Hand wurde dieser junge Schuppius in frühen Jahren Professor in Marburg, danach Hofprediger zu Braubach bei dem Landgrafen Johannes, hielt die festliche Friedenspredigt zu Münster 1648nach dem Abschluß des westfälischen Friedens, und kam nach Hamburg als Hauptprediger zu St. Jakob. Dreißig Jahre nachher bekannte dieser wackere Diener des Evangeliums, er habe seitdem mehr als hundertmal daran gedacht, daß der Kerl gar kein narr gewesen, denn alles Gute, was Gott in ihm seitdem geweckt habe, habe er durch das Kreuz geweckt, und alle Pflichtseines Pfarreramts habe er unter dem Kreuze erst kennen und üben gelernt. – Haben wir etwa heute dieselben Gedanken gehabt, die im Stillen der junge Schuppius hatte, so mögen wir über dreißig Jahre, ob Gott uns so lange leben läßt, auch das Bekenntnis ablegen, welches laut und vor aller Welt der alte Schuppius ablegte.

Unberufene Redner

In unsern Tagen ist manchem, der nicht viel Lateinisch und Griechisch vergessen hat, und zu Zeiten wol noch mit den deutschen Buchstaben im Kriege lebt, die Zunge auf wunderbare Weise gelöst worden, so daß er bei allen Versammlungen und Gastmahlen, die Gott werden läßt, heute bei einer Konstitutionsfeier, morgen bei einer Fahnenweihe und übermorgen bei einem Hambachsfeste auf Tische und Stühle springt und seine Weltverbesserungsweisheit in langen Reden, die viel klang und wenig Sinn haben, über die staunenden Zuhörer ausgießt. Manchmal gerät es, manchmal verdirbt es: zuweilen kann der allezeit fertige Redner doch mit seiner Rede nicht fertig werden, und muß sich das wohlbekannte Marburger Wort zurufen lassen: „Allemal gehts nicht."

Ungeschickte Schwätzer dieser Art hat es zu allen Zeiten gegeben, auch bei uns hier in Hessen, doch mit dem Unterschiede, daß in den Tagen unserer Väter sich keine Bewunderer solcher Worthelden fanden, und einer der einmal stecken geblieben war, sich für immer um Ehre und Reputation geredet oder vielmehr nicht geredet hatte.

In Marburg starb einmal ein Ritter vom deutschen Orden, Herr Bernhard Schwarz. Als er begraben wurde, trat ein hoffärtiger Geselle auf, welcher sich schon öfters mit seinen ungewaschenen Reden hatte hören lassen, und demnach große Ansprüche machte, für eine deutschen oder wenigstens marburgischen Cicero gehalten zu werden, hatte nach damaliger Sitte einen Stab mit Boy umzogen zu r Hand, stellte sich in Positur, wie ein königlicher Marschall, fing endlich an und sagte: „Was soll ich sagen? Hochwürdiger, Edelgeborne, Gestrenge und Mannfeste, auch Wohlehrwürdige, Hochgelehrte und so weiter, was soll ich sagen? Was soll ich sagen?" Damit aber war für diesmal seine Kunst am Ende und er schwieg stille. Der alte ehrliche Oberforst-meister Jost Burchard Rau von Holzhausen rief ihm mit ernsthaftem Gesichte zu: „Sage, die Welt ist voller Narren und ich bin der erste. *)" Darauf fing der Landkommenthur und das ganze hochwürdige Ordenscapitel an laut zu lachen und die Leichenrede hatte ein Ende. Niemals begehrte dieser große Redner wieder, sich hören zu lassen.

Bekannt ist auch Dr. Luthers Zuruf an einen unberufenen Prediger, welcher seine Predigt zwar also anfing: „Ich bin der gute Hirte – ich bin ein guter Hirte – ich bin ein guter Hirte ..." aber nicht weiter

fortsetzen konnte. „Ihr seid kein guter Hirte, sondern ein alber Schaf"
rief ihm der Reformator zu, „geht herab von der Kanzel."
Manchen täte ein ähnlicher Zuruf Not, auch wenn sie nicht stecken
bleiben.

*) Eigentlich sprach der Junker Jost Burchard, wenn gleich von Adel und
Oberforstmeister, auch des heiligen römischen Reiches deutscher Nation Erb-
Wasser-Graf in der Wetterau, lateinisch: Dic, stultorum plena sunt omnia ego
stultissimus. Selbst ein Mann von altem Schrot und Korn und von rechter
Gelehrsamkeit, war er ein abgesagter Feind der geschniegelten und gebügelten
jungen Herrchen, denen die Gelehrsamkeit, wie eben jenem Leichenredner,
bloß in den feinen Rock und den schön aufgebundenen Hosen saß und die er
darum „reformierte Ritter vom Hosenbande" zu nennen pflegte.

Eine Reise von Marburg nach Kassel

Es war einmal ein ehrenwerter Professor auf der Universität zu
Marburg, der hieß Rudolf Goclenius. Sein Vater hatte zwar nur Görge
Göckel geheißen, und war ein Bürger zu Corbach gewesen, aber
seitdem der Sohn ein lateinischer Schüler gewesen war, meinte dieser,
wie viele andere dazumal, der deutsche Name schicke sich nicht für
die lateinische Weisheit, und so nannte er sich Goclenius. Der Mann
hat viele Bücher geschrieben, mehr als sechshundert Personen den
Magister- oder wie an jetzt sagt Doctor-Hut aufgesetzt, ist als
hessischer Abgeordneter auf der Kirchenversammlung zu Dordrecht
in den Niederlanden, und viele Jahre lang der rechte lateinische
Schullehrergeneral über ganz Hessen gewesen, nach dessen
Kommando sich alle sieben Künste des Landes richteten. Nun regierte
zu seiner Zeit der Landgraf Moritz, selbst ein gelehrter Herr und ein
Freund der Gelehrten, also auch unseres alten lateinischen Ritters
Goclenius, den er zuweilen von Marburg nach Kassel kommen ließ,
um die lateinischen Truppen in der damals (1618) errichteten
Fürstenschule einexercieren zu lassen, und sonst mancherlei gelehrte
Dinge in Ernst und Scherz mit ihm zu verhandeln. Einst bekam dann
auch unser lateinischer Feldherr fürstliche Ordre, mit seinen sieben
Regimentern: Grammatik, Dialectik, Rethorik, Musik, Arithmetik,
Geometrie und Astronomie eilends nach Kassel zu marschieren. Der
wackere Befehlshaber dieser sieben Friedensregimenter ließ also zu
Pferde blasen und machte sich auf den Weg, in der Absicht, sein
Quartier des Abends zu Frankenberg zu nehmen, durch welche Stadt
damals noch die Heerstraße von Marburg nach Kassel führte. Die Zeit

während dieses langen Rittes zu vertreiben wollte er nicht etwa ein altes Reiterliedlein singen, als: der Kuckuck auf dem Zaune saß, es regnet sehr und er war naß, oder: es geht ein frischer Sommer daher, da werdet ihr hören neue Mär, oder den Benzenauer oder den Tanhäuser, sondern als lateinischer Reiter nahm er ein lateinisches Buch, und zwar eines, welches er selber geschrieben hatte, und las darin ganz ernstlich und eifrig, und immer ernstlicher und eifriger. Zu allem Unglücke aber wendete sich während des Lesens das Pferd unter dem lesenden Reiter herum, ohne daß es der Reiter merkte, und damit schwenkten sich die sieben Regimenter zugleich herum. Als nun unser ehrlicher Reiter in seinen lateinischen Gedanken meinte, jetzt müße er bald zu Frankenberg im Nachtquartier ankommen, that er das Buch zu, und die Augen auf, und befand, daß er und seine sieben Regimenter wiederum vor dem St. Elisabethenthore in Marburg stünden, aus welchem sie eben erst des Morgens ausgerückt waren, da sich dann jedermann verwunderte, wie sich der Marsch so absonderlich geändert habe.

Wenn du reiten willst, so reit, und lies nicht, und wenn du lesen willst, so ließ, und reit nicht.

Der gebührliche Titel

In Marburg war einstmals ein Bettelvogt, welcher nur ein Auge hatte. Nun gieng eine arme Frau in der Stadt herum und bettelte. Der Betelvogt mit dem einen Auge ertappte sie darüber und wollte sie zur Stadt hinaus bringen. Da neigte sich die arme Bettlerin vor dem gestrengen Bettelvogt und sagte: „Ach gnädiger Herr Bettelvogt, laßt mich nur noch eine Stunde herumgehen und sammeln, ich will hernach gern aus der Stadt gehn." Der einäugige Bettelvogt antwortete: „Ja, wenn man einem seinen gebürlichen Titel giebt, so kann man noch wol ein Auge zuthun, du magst nur noch eine Stunde hier bleiben. „Ach", rief die Frau geschwind voller Freude, "ach gnädiger Herr Bettelvogt, wenn ihr das thun wollt, und wollt ein Auge zuthun, so darf ich doch den ganzen Tag hier bleiben."

Wie viele sind nicht schon durch solche schöne Worte und „gebürliche Titel" dahin gebracht worden, daß sie das eine Auge, welches sie für Ordnung und Recht nur noch haben, auch zutun. Darum sieh wohl zu, ob du zwei Augen hast – und nicht allein zwei Augen am Kopf, sondern auch zwei Augen im Kopf und im Herzen – ehe du davon sprichst, ein Auge zuzudrücken.

Wie der Professor Schuppius zu Marburg
Europa unter die Marburger Studenten vertheilt

Johann Balthasar Schupp (oder Schuppius, wie man damals den Namen zu verlateinischen anfieng, wobei es denn auch seitdem geblieben ist) aus Gießen war zehn Jahre lang Professor der Beredsamkeit und Geschichte zu Marburg, und nicht allein ein sehr gelehrter Professor, sondern auch ein geschickter und äußerst eifriger Lehrer, der es sich hoch angelegen sein ließ, daß seine Studenten etwas Tüchtiges bei ihm lernten. Geld nahm er für seine Collegien fast gar nicht, also daß er während der zehn Jahre vielleicht keine zwanzig Dukaten bekommen hat. Die vornehmen und reichen Studenten, deren es damals in Marburg viele gab, waren von ihren Eltern oder von den Freunden des Professor Schuppius besonders an ihn empfohlen, und so wollte er denn um der Freundschaft willen nichts von ihnen nehmen, den armen aber, und deren fanden sich damals auch, und noch ärmere als heutzutage, gab er lieber noch Geld dazu, lieh ihnen seine Bücher, verstattete ihnen früh und spät freien Zutritt zu sich und half ihnen in ihrem Studieren überall fort, soviel er immer wußte und konnte. Dafür genoß er dann auch allgemeine Liebe und das größte Zutrauen bei den Studenten, und es fiel nicht leicht einem von ihnen etwas vor, ohne daß er den Professor Schuppius um Rath ragt hätte, welchen dann dieser treulich ertheilte, und meist so, daß er dem Rate noch die Tat hinzufügte. Als nun im dreißigjährigen kriege (denn während dieser Zeit war Schuppius Professor zu Marburg) nach dem Tod des Herzogs Bernhard von Weimar die schwedisch-französische Armee unter dem Herzog von Longueville unversehens ins Hessenland kam, geriet besonders Oberhessen in große Not und Verwirrung. Die Universität glaubte sich in Gefahr, mehrere Professoren gingen weg, und der ganze Unterricht stockte, alle Collegien hörten auf. Da kamen nun etliche arme Studenten, aus verschiedener Herren Länder gebürtig, zu dem Professor Schuppius, und fragten ihn auch diesmal, wie sie schon oft gethan, um Rat, was sie tun sollten?

In Marburg hätten sie nichts mehr zu tun, auch nicht so lange zu zehren, bis es wieder Ruhe im Lande und in der Stadt werde; sollten sie zu ihren Eltern gehen, so hätten dieselben so wenig wie sie, daneben das Haus voll Soldaten. Da hatte der redliche Schuppius großes Mitleid mit den armen jungen Leuten, gab seinem Diener den Schlüssel zu seinem Keller, befahl ihm, sie mit sich in seine Stube zu nehmen und sie mit Wein reichlich zu erquicken, ihnen auch tröstlich zuzusprechen, und sie auf den andern Tag wieder zu ihm zu bestellen, der Herr Professor wolle mit Gottes Hülfe sehen, wie ihnen zu helfen sei. Darauf schloß sich Schuppius in sein Stüblein ein, und brachte die ganze Nacht mit Schreiben zu, also daß ihn die Morgensonne noch am Schreibtische fand. Als nun früh um sechs Uhr die Studenten wieder zu ihm kamen, sagte er: „Lieben Freunde, die Erde ist des Herren, und mich deucht, unser Herr Gott hat mich zu eurem Quartiermeister angenommen. Ich will ganz Europa unter euch austeilen. Euch will ich die Seestädte geben. Euch Dänemark. Euch Preußen. Euch Liefland. Euch Frankreich. Euch Holland, Euch die Reichstädte und so weiter, und damit übergab er jedem einige dringende Empfehlungsschreiben für die Länder und Städte, die er ihm angewiesen (und Dr. Schuppius war in allen jenen Gegenden wol bekannt und hoch angesehen), nahm Abschied von ihnen und sprach: „Gehet hin, und suchet euer Glück; der Herr unser Gott sei mit euch. Und Gott segnete dieses treuherzige Beginnen des wackern Schuppius; die Studenten wanderten aus, wurden an den Orten, wohin sie gewiesen waren, auf Schuppius Empfehlung wohl aufgenommen und hinreichend unterstützt; auch nicht ein einziger war unter diesen, dem nicht Gott ganz besonders und sichtlich geholfen hätte, also daß sie allesamt wolstehende und zum Theil sogar angesehene Männer wurden. Lange nach dem Tode Ihres Wohltäters erzählten sie noch mit freudiger Dankbarkeit, wie einst der Dr. Schuppius im Vertrauen auf Gott den Herrn die Welt unter sie ausgetheilt habe, und segneten das Andenken des wackern Professors zu Marburg.

Der geborgte Thaler

Vor langen Jahren war einmal ein Küster in Marburg, der durch seine Antworten und lustigen Streiche bekannt war, wiewol die Streiche sich nicht überall zu seinem Amt und Stande schicken wollten. Einst ging er zu Fuß nach Frankfurt zur Herbstmesse; es war noch drückend heißes Wetter, und der Küster trug einen schweren Mantel, der ihn noch mehr drückte, als die Hitze. Vor Friedberg gesellt sich ein Jude aus dieser Stadt zu ihm, mit welchem er schon sonst des Weges gewandert war, und der den Marburger Küster darum wol kannte. „Gibt's nichts zu handeln?" fragte der Jude, „nichts zu profitieren? Nichts? Gar nichts?" Und er wiederholte diese Fragen zehn und mehrmal, obgleich der Küster ihm versicherte, daß er nichts zu handeln habe, was der Jude ohnehin wol wissen konnte. Als der Jude aber gar nicht abließ, ein Händelchen zu versuchen, sagte der Küster: „Jud, wieviel borgst du mir für meinen Mantel? Ich bekomme zwar in Frankfurt Geld, aber erst bis übermorgen; ich will dir den Mantel in Versatz geben..." Der Jude besah sich den Mantel von vorn und besah ihn von hinten und von allen Seiten; „einen Thaler" sprach er endlich, obgleich der Mantel das Zehnfache wert war. Gutsagte der Küster, empfing den Thaler und gab dem Juden den Mantel. Also wanderten die beiden nun fürbaß; der Küster ohne Mantel, der Jude mit dem Mantel. Als sie aber bei der Friedberger Warte vorbei waren, und eben das Friedberger Thor zu Frankfurt im Gesichte hatten, da langte der Küster in die Tasche, holte seinen Thaler heraus, gab ihn dem Juden und sagte: „Da Jud', da ist der geborgte Thaler, du sollst bedankt sein für den Thaler und dafür, daß du mir meinen Mantel die sechs Stunden getragen hast."

Von einem Studenten, der nicht addieren, aber doch gut rechnen konnte

Ein Vater hatte sein Lieblingssöhnchen auf die Universität Marburg getan, und diesem Söhnchen einstmals zehn Reichstaler geschickt; um damit die Collegien zu bezahlen, ihm auch dabei geschrieben, daß er des andern Tages, denn der Vater war nicht weit von Marburg zu Hause, selbst kommen und ihn besuchen werde, um zu sehen, wie es ihm gehe. Diese Nachricht war dem Studenten, welcher wohl wußte, daß er das Lieblingssöhnchen war, schon recht, denn wenn der Herr Vater nach Marburg kam, pflegte er nicht mit leerer Hand zu kommen. Also verjubelte er die zehn Taler noch an demselben Tage bis auf den letzten Heller. Des andern Tages kam der Vater, und sagte zu dem Sohne, welcher ihn bei dem Aussteigen aus dem Wagen empfing: „Gib dem Kutscher einen Reichstaler." Der Student antwortete „Ich habe kein Geld." Der Vater erwiderte: „Hast du denn die zehn Taler gestern nicht empfangen?" „Ja", sprach der Sohn, „ich habe sie empfangen, allein ich habe sie wieder ausgegeben; ich habe etwas Geld zu meiner unumgänglichen Notdurft entlehnt, welches ich heute wieder bezahlt habe." „Wohlan", entgegnete der Vater, „so tue Rechnung davon!" Der Sohn, der überall nicht viel Gelerntes mit auf die Universität gebracht hatte, als etwa das Geldvertun, vom Rechnen aber nichts, auch nicht mal das Addieren verstand – denn dazumal, es war aber vor zweihundert Jahren, wurde das Rechnen als ein verächtliches Ding angesehen, welches ein lateinischer Schüler und

Studiosus nicht zu wissen brauchte – setzte sich ohne zaudern hin, nahm Papier und Tinte, und schrieb flugs: Erstich, dem Professor de Beredsamkeit für seine Information 2 Reichstaler; item, für Federn und Tinte 4 Reichstaler,; Item, dem Medico, der mich curiert hat, als ich einen gefährlichen Schaden am linken Ellbogen hatte, 2 Rthlr.; Item in den Klingelbeutel, so ich von meinem Stubengenossen entlehnt, anderthalb Rthlr; Item meinem Beichtvater, so ich auch entlehnt einen Rthlr; Item der Frau Doctorin, als die angebunden worden, für meinen Part einen Ducaten gegeben; Item, für Schwärze, meine Schuhe zu schwärzen, einen Reichstaler – da nahm ihm der Vater das Papier hinweg, las das Geschriebene, schüttelte den Kopf und sagte: „Liebes Kind, schweig still, ich will auch still schweigen, ich sehe wohl, wie gut du rechnen kannst, und das ich dir schuldig sein und noch etwas herausgeben müße." Und der Vater gab dem Söhnchen abermals zehn Taler heraus.

Lange Jahre darnach hat der wohlbekannte Candidate Jobs eine ähnliche Rechnung gemacht, und es sieht den Historienschreiber die Geschichte sogar fast so an, als wenn sie noch heute und alle Tag passieren könnte, nur meint er, sei der große Unterschied der, daß die Studenten vor zweihundert Jahren nicht addieren konnten, die Studenten zu unserer Zeit aber addieren, subtrahieren, multiplicieren und dividieren, also noch beßer rechnen können, als unser Student, der doch gut rechnen konnte, mithin auch besser wißen, wo sie ihre Jubelthaler zu verrechnen haben. Es kommt dem Historienschreiber nämlich vor, als hätte er noch in viel späterer Zeit manchen Weinthaler und manchen Biertaler und manchen Reitthaler und Fuhrtaler auch unter der Schuhwichse, den Stiefelsohlen, dem Brennholze und so weiter stehen sehen; und so fürchtet er nur, es werde von diesen Talern, gleichwie von jedem unnützen Wort, und noch vielmehr, zu seiner Zeit Gott eine Rechenschaft fordern, welche den ehemaligen Studenten schwer genug werden könnte. Summa, er glaubt, wir hätten allesamt Ursach genug zu dem täglichen Gebet: „Gedenke nicht der Sünden meiner Jugend."

Der Fürst und der Hofprediger

In alten Zeiten, etwa vor zweihundert Jahren – und daß es so lange her sein müßte, wird der geneigte Leser schon aus dem Inhalte des Geschichtchens ersehen – geschah es einmal, daß ein Hofprediger einem angesehenen Reichsfürsten in der Sonntagspredigt das Gesetz schärfte. Nach der Predigt ließ der Fürst dem Hofprediger sagen, er solle zur Tafel bleiben. Über der Tafel saß der Fürst in tiefen Gedanken und sah sehr sauer aus. Die Edelleute und Officiere und sonst anwesenden Hofherren dachten, das gelte dem Hofprediger, und werden derselbe wol heute zum letzten Male an der fürstlichen Tafel sitzen, künftig aber an den Gesindetisch, oder wie man jetzt sagt, an die Marschallstafel kommen; der Fürst werde ihm schon weisen, wie man große Herren tractieren müsse. Allein als die Tafel aufgehoben wurde, lies er Fürst sein Mundglas einschenken, brachte es dem Hofprediger und sagte: „Ihr habt mir heute einen braven in den Pelz gegeben." Der Hofprediger neigte sich gegen den Fürsten und antwortete: „Gnädigster Fürst und Herr, das ist mir von Herzen leid." „Warum ist es Euch leid?" fragte er Fürst. „Thut Euer Amt. Es sind des Tages zwölf Stunden. Werden wir heute nicht frömmer, so werden wir es etwa morgen." „Ja", sagte der Hofprediger wieder, „ich wollte gerne mein Amt thun, allein es ist mir leid, daß es heute Morgen so über abgelaufen ist." „Wieso das?" sagte der Fürst. „Ich habe", sprach der Hofprediger, „auf Euer Herz gezielt, und es ist nur in den Pelz gegangen."

Ortsverzeichnis:

Einige wichtige Personen:

Elisabeth von Thüringen
Gbe. 7. Juli 1207, gest. 17. November 1231 in Marburg als Elisabeth von Ungarn, Tochter des ungarischen Königs Andreas II. und seiner Frau Gertrud von Andechs, lebte bereits mit vier Jahren am Hof des späteren Ehemannes, wurde 1221 Ehefrau von Ludwig IV, der Heilige, Landgraf von Thüringen und Pfalzgraf von Sachsen. Nach dessen Tod und einigen Erbstreitigkeiten erhielt Elisabeth als Entschädigung für ihre Witwengüter eine Summe von 2000 Silber Mark und einige Besitzungen bei Marburg. Mit diesem Vermögen lies sei ein Hospital erbauen, dessen Patron der Hl. Franz v. Assisi wurde. Sie wurde zunächst in der Kapelle des von ihr gegründeten Hospitales beigesetzt. Der Verbleib ihrer Reliquien ist unbekannt; Landgraf Philipp I. hatte diese entfernen lassen, um den Reliquienkult zu beenden.

Sophie von Brabant, auch Sophie von Thüringen,
geb. 30. März 1224, gest. 29. Mai 1275, zweites Kind von Elisabeth und Ludwig IV. von Thüringen, Herzogin von Brabant durch ihre Heirat mit Heinrich II., Herzog von Brabant, konnte die Unterstützung des hessischen Adels und des Deutschen Ordens gewinnen und die hessischen Besitzungen der Ludowinger in die Hände ihres Sohnes übergeben, damit zur Stammmutter des Hauses Hessen werden, beigesetzt in der Stiftskirche der Zisterzienserabtei Villers la Ville im damaligen Brabant.

Heinrich I. von Hessen auch genannt Heinrich, das Kind von Brabant
geb. 24.Juni 1244, gest. 21.Dez.1308 in Marburg, Sohn des Herzogs Heinrich II. von Brabant und Sophie von Brabant, Tochter des Landgrafen Ludwig IV. des Heiligen von Thüringen und seiner Frau Elisabeth von Thüringen, besser bekannt als Heilige Elisabeth;
1247 durch seine Mutter Sophie von Brabant auf der Mader Heide (bei Gudensberg) und in Marburg ausgerufen, wurde Heinrich I erster Landgraf von Hessen und Begründer des hessischen Fürstenhauses, regierte ab 1263 in Marburg, ab 1277 von Kassel aus, verstarb auf dem Weg nach Marburg, beigesetzt in der Elisabethkirche in Marburg.

Heinrich II. der Eiserne,
geb. vor 1302, gest. 3.Juni 1376, Sohn und seit 1320 Mitregent von Otto I., Landgraf von Hessen von 1328 bis zu seinem Tod, beigesetzt in der Elisabethkirche in Marburg.

Otto II., der Schütz,
geb. vor 1322, gest. Dezember 1366 in Spangenberg, Sohn und seit 1339 Mitregent von Heinrich II. sowie kaiserlicher Statthalter in Mühlhausen, beigesetzt in der Karmeliterkirche Spangenberg.

Philipp I. genannt der Großmütige (Magnanimus)

geb. 13 November 1504, gest. 31. März 1567 in Kassel, Sohn des Landgrafen Wilhelm II., der 1509 verstarb und Anna von Mecklenburg. Er wurde im 14. Lebensjahr vom Kaiser Maximilian I. für mündig erklärt, um das väterliche Erbe antreten zu können, wurde Förderer der Reformation, lies Klöster aufheben und stiftete u.a. die Marburger Universität als erste protestantische Hochschule, die aber erst 1934 nach ihm benannt wurde und machte sich einen Namen als Kriegsherr. Er war verheiratet mit Christine von Sachsen (1505-1549), Tochter des Herzog Georg von Sachsen. Neun seiner 19 Kinder stammten allerdings aus einer „zur linken Hand" geschlossenen Ehe mit Margarethe von der Saale(1522-1566).

Moritz von Hessen

geb. 25. Mai 1572, gest. 15. März 1632 in Eschwege, Sohn des Landgrafen Wilhelm IV. und Sabine von Württemberg, war verheiratet mit Agnes von Solms-Laubach und nach deren Tod mit Juliane von Nassau-Dillenburg, mit denen er insgesamt 17 Kinder zeugte. Er regierte zunehmend glücklos und musste abdanken, Danach lebte er auf Schloss Melsungen, in Frankfurt und auf Schloss Eschwege, wo er verstarb.

Simon Bing

geb. 1517, gest. 30. November 1581 in Kassel, seit 1534 Verwaltungsbeamter am Hof des Landgrafen Philipp I., während der 5-jährigen Gefangenschaft Philipps I. auf Geheiß des Landgrafen Berater des Sohnes Wilhelm IV. bei der Verwaltung der Landgrafschaf, später unter letzterem Kammermeister und danach Kommandant der Festung Ziegenhain.

Johann Balthasar Schupp (auch Schuppius)

geb. 1. März 1610, gest. 26. Oktober 1661 in Hamburg, studierte seit 1625 Philosophie und Theologie in Marburg, reiste seit 1628 durch Süddeutschland und die Ostseegebiete, erwarb nach einem Weiterstudium in Rostock daselbst anno 1631den Magistertitel und begann in Marburg zu lehren. Nach einem Aufenthalt in Holland wurde er 1635Professor der Geschichte in Marburg, 1643 Pastor an der Elisabethkirche und 1645 zum Dr.theol. promoviert. Im Jahr 1649 wurde Schuppius Hauptpastor an St. Jakobi, Hamburg.

Quellen und Fundstellen:

Bechstein, Ludwig
Deutsches Sagenbuch, Leipzig (Georg Wigand) 1853

Bindewald, Theodor
Oberhessisches Sagenbuch, aus dem Volksmunde gesammelt, Heyder,
Frankfurt am Main 1873

Brüder Grimm,
Deutsche Sagen, 2 Bände, Berlin 1816/18

Grässe, Johann Georg Theodor
Sagenbuch des preußischen Staates, Glogau (Carl Flemming) 1868/71

Kaut, Georg
Hessische Sagen, Sitten und Gebräuche, Offenbach am Main 1846
Druck und Verlag von Friedr. Krähe

Lyncker, Karl
Deutsche Sagen und Sitten in hessischen Gauen, Kassel 1854
(Verlag von Oswald Bertram)

Tewaag, F
Erzählungen, Märchen, Sagen und Mundarten aus Hessen,
Commisionsverlag von N.G.Elwert, Marburg a.d.L., 1888

Villmar, August Friedrich Christian
Hessisches Historienbüchlein, Gedruckt und verlegt von N.G.Elwert, 1845

Wolf, Johann Wilhelm,
Hessische Sagen, Göttingen, Dieterichsche Buchhandlung 1853

Deutschonline.de / Deutsch / Sagen / Inhalt.htm

Gutenberg. Spiegel.de … / Sagen aus Hessen

Maerchenlexikon.de / Grimm / sagen-grimm

Marburg-net.de / sagen / index.html

Sagen.at -> Traditionelle Sagen -> Deutschland -> Hessen

Sagen aus Hessen Speilleuteundlandsknechte.de / sagen / hessen1.htm

Wikisource.org / wiki / Sagen

Wikisource.org / wiki / Sagen#Hessen

wikisource.org / wiki / Deutsche_Märchen_und_Sagen_(Hans-Jörg_Uther)

Zeno.org

Von demselben Autor / Herausgeber sind bei BOD bereits erschienen:

Alle Tage Feiertage
ISBN 978-3-7386-0409-2, 280 S.
Allerlei Anlässe zum Aktionieren, Feiern und Gedenken

Feste & Feiern
ISBN 978-3-7386-0407-8, 104 S.
159159Ein kleiner privater Kalender mit allerlei Feier- und Gedenktagen

100 Kinderlieder
ISBN 978-3-7322-3024-2, 112 S.
100 Kinderlieder, altbekannt und immer wieder gern gesungen

Liederbuch (Deutsche Volkslieder)
ISBN 978-3-8423-6702-9, 312 S.
300 Volkslieder aus 8 Jahrhunderten und aller Herren Länder

Sagen aus Marburg und Oberhessen
ISBN 978-3-7347-8909-0, 160 S.
Allerlei Schwänke und Geschichten aus dem Marburger Land

Tausenderlei über die Freiheit
ISBN 978-3-7322-9721-4, 140 S.
Mehr als 1000 Zitate, Bonmots und Aphorismen über die Freiheit

Tausenderlei über das Glück
ISBN 978-3-7322-5525-2, 160 S.
Mehr als 1000 Zitate, Bonmots und Aphorismen über das Glück

Tausenderlei über die Liebe
ISBN 978-3-8423-7474-4, 140 S.
Mehr als 1000 Zitate, Bonmots und Aphorismen zum Thema Nr. Eins

Weihnachtsgedichte– Verse, Reime und Gedichte zum Fest
ISBN 978-3-7347-6393-9, 352 S.
290 Werke bekannter und unbekannter Dichter zum Weihnachtsfest

Weihnachtsgeschichten - Erzählungen und Märchen
ISBN 978-3-7347-6404-2, 392 S.
85 kurze und lange Texte zur Weihnachtszeit

100 Weihnachtslieder
ISBN 978-3-7322-3375-5, 112 S.
100 Weihnachtslieder aus der Heimat und der ganzen Welt

Lob und Tadel an tessitore@web.de